Un nuevo compañero

El viernes, la señora Brisbane anunció que Richie me llevaría a su casa el fin de semana.

—¡Yupi! ¡Humphrey también irá a la fiesta! —gritó A. J.

Nunca antes había estado en una fiesta fuera del Aula 26, así que, loco de alegría, salté a mi rueda y comencé a dar vueltas tan rápido como podía.

—¡BOING! —croó Og.

Fue entonces cuando me di cuenta de que Og no había sido invitado.

—¿Y Og? —preguntó Richie—. ¿Puede venir también?

La señora Brisbane negó con la cabeza:

—Tienes mucho que hacer con todos los preparativos. Además, me voy a llevar a Og a casa. Mi esposo le está preparando una sorpresa.

—¡Huy! —chillé sin querer. ¿Así que el señor Brisbane, a quien no había visto desde las Navidades, le estaba preparando una sorpresa a la rana? Podía sentir crecer dentro de mí a ese monstruo de ojos verdes otra vez. Tenía celos de esa cosa grande de sonrisa macabra y no me sentía orgulloso de ello.

La amistad de acuerdo a Humphrey

Betty G. Birney

Traducción de Teresa Mlawer

PUFFIN BOOKS

PUFFIN BOOKS
An imprint of Penguin Random House LLC
375 Hudson Street
New York, New York 10014

First published in the United States of America by G. P. Putnam's Sons,
a division of Penguin Young Readers, 2005
First published by Puffin Books, an imprint of Penguin Young Readers, 2006
Spanish edition published by Puffin Books, an imprint of Penguin Young Readers, 2018

THE LIBRARY OF CONGRESS HAS CATALOGED THE G. P. PUTNAM'S SONS EDITION AS FOLLOWS:
Birney, Betty G. Friendship according to Humphrey / Betty G. Birney. p. cm.
Sequel to: The world according to Humphrey. Summary: When Humphrey the hamster
returns to Mrs. Brisbane's class after the winter break, a new class pet and some other
surprises give him an opportunity to reflect on the meaning of friendship.
ISBN 978-0-399-24264-9 (hardcover)
[1. Hamsters—Fiction. 2. Frogs—Fiction. 3. Schools—Fiction. 4. Friendship—Fiction.]
I. Title. PZ7.B52285Fr 2005 [Fic]—dc22 2004009538

Puffin Books ISBN 9780451480033

Printed in the United States of America

1 3 5 7 9 10 8 6 4 2

A Jane Birney de Leeuw,
hermana y amiga,
y a Susana Kochan,
la MEJOR-MEJOR-MEJOR amiga y editora
de Humphrey.

Contenido

Un cambio sorprendente

¡**B**UMP-BUMP-BUMP!

La señora Brisbane y yo regresábamos a la Escuela Longfellow después de las vacaciones de Navidad. Había más baches en la carretera que la última vez que hicimos el recorrido en su pequeña camioneta azul.

—Humphrey —comenzó a decir la señora Brisbane, pero la interrumpió otro ¡BUMP!—. No te sorprendas, ¡BUMP!, si ves algunos cambios, ¡BUMP!, en el Aula 26, ¡BUMP!

Sentí un pequeño revuelo en el estómago y me agarré fuertemente a la escalera.

No entendía muy bien lo que me decía. ¿Qué quería decir ella con «cambios»?

—Mientras estabas en casa con Bert, ¡BUMP!, regresé a la escuela para poner algunas cosas en orden.

Durante las vacaciones, pasé mucho tiempo con Bert, su esposo, y a pesar de que me cae muy bien, ya estaba cansado de correr por laberintos varias veces al día. Al señor Brisbane le encanta verme recorrer laberintos. Ahora, de regreso a la escuela, podría dormir alguna siestecita durante el día. Y, además, si soy la mascota de la clase, ese es mi lugar.

Mi estómago se asentó un poco una vez que llegamos a la escuela y la señora Brisbane estacionó el auto.

—¿Y qué hay de esos cambios? —pregunté, pero, como siempre, lo que me salió fue un chillido: «Hiiic-hiiic-hiiic».

—A veces los cambios son necesarios, Humphrey —dijo la señora Brisbane mientras abría la puerta del auto—. Ya verás.

Todavía temblaba por el ajetreado trayecto cuando, de repente, una ráfaga de aire helado me produjo un escalofrío; después no pude ver nada porque la señora Brisbane había cubierto mi jaula con una bufanda de lana. En realidad, no me importaba siempre y cuando me estuviese llevando a mi aula, donde podría ver a todos mis amigos otra vez. De solo pensarlo me invadió un sentimiento cálido, o a lo mejor era el calor que producía la caldera al entrar por la puerta de la escuela.

—¡Hola, Sue! ¿Quieres hacerlo hoy? —preguntó una voz familiar. No podía ver a la señorita Loomis, pero reconocí su voz. La señorita Loomis enseñaba en el aula al final del pasillo. Era amiga de la señora Brisbane.

—De acuerdo, Angie. ¿Te parece bien después del recreo de la mañana?

—Perfecto. Nos vemos entonces —dijo la señorita Loomis.

Finalmente, la señora Brisbane colocó mi jaula en su sitio y quitó la bufanda. Cuando lo hizo, me llevé una gran sorpresa. ¡Algo «inexchillable» había ocurrido en mi aula! Los pupitres estaban colocados en dirección opuesta. Antes miraban hacia el frente, y ahora estaban de lado.

En lugar de ordenados en fila, estaban colocados en grupos. El escritorio de la señora Brisbane ahora se encontraba en una esquina. Fotografías de gente que nunca había visto antes reemplazaban los simpáticos muñecos de nieve que en diciembre adornaban el tablero de anuncios.

Estaba tan mareado con tantos cambios que no me di cuenta de que los niños comenzaban a llegar hasta que Baja-La-Voz-A. J. gritó: «¡Hola, Humphrey!» tan pronto salió del guardarropa.

Enseguida todos mis compañeros de clase se acercaron a saludarme.

—¿Qué tal las vacaciones? —preguntó Miranda Golden. Ella era un ser humano casi perfecto.

—Mi mamá te manda saludos —dijo Habla-Más-Alto-Sayeh con su dulce y tenue voz.

—¡Hola, Humphrey-Dumpty! —gritó Garth, lo que hizo que Gail soltara una risita, pero no me molestó: Gail se reía por todo.

Justo en ese momento, sonó la campana.

—Clase, localicen sus pupitres y siéntense —dijo la señora Brisbane.

Hubo mucho ruido y traqueteo mientras mis compañeros encontraban sus asientos. Ahora podía ver mejor a algunos alumnos que antes se sentaban en el otro extremo del aula, como No-Te-Quejes-Mandy Payne, Siéntate-Quieto-Seth Stevenson y Oí-Eso-Kirk Chen.

Puede que la señora Brisbane estuviera en lo cierto: a veces los cambios son necesarios.

Pero entonces, algo llamó mi atención: había una persona desconocida en el Aula 26. Estaba sentada cerca de Sayeh, Gail y Kirk.

—Señora Brisbane, ¡ella no pertenece aquí! —chillé alto—. ¡Se ha equivocado de aula!

Aunque es posible que no me oyera.

—Clase, como pueden ver, este año hay algunos cambios, y uno de ellos es que tenemos una nueva estudiante —anunció la maestra—. Tabitha, por favor, ven aquí.

La nueva niña se levantó y se colocó al lado de la señora Brisbane. Se veía ASUSTADA-ASUSTADA-ASUSTADA.

—Esta es Tabitha Clark, y quiero que todos le den la bienvenida. Tabitha, ¿por qué no nos cuentas algo sobre ti?

La niña bajó la vista y negó con la cabeza.

La señora Brisbane enseguida dirigió su atención a la clase:

—Bien, continuaremos más tarde. ¿Quién quiere acompañar a Tabitha en su primer día?

—¡Yo! —gritó una voz. Claro, era Levanta-La-Mano-Heidi, que siempre se olvidaba de levantar la mano.

—Heidi, levanta la mano, por favor. Pero Mandy la levantó primero. Mandy, tú estarás a cargo de Tabitha todo el día de hoy. Espero que todos se presenten y que la incluyan en sus actividades. —Entonces, se volvió

4

hacia Tabitha y le dijo—: Sé que harás muchos amigos en el Aula 26. Puedes sentarte.

La niña fue a sentarse sin levantar la vista del suelo. Parecía que realmente necesitaba un amigo. Me quedé tan absorto mirándola que no entendí bien lo que dijo la señora Brisbane. ¿Había dicho «pollería»?

—Como saben, el nombre de la escuela es Longfellow, y espero que sepan que Henry Wadsworth Longfellow fue un famoso poeta —dijo la señora Brisbane.

¡Poesía! Nada que ver con pollos u otras aves, por suerte. Debo admitir que todo lo relacionado con plumas me asusta desde mis días en Mascotalandia. Todavía tengo pesadillas de aquella vez que un inmenso loro verde se escapó y se lanzó en picada contra mi jaula parloteando: «¡Yumi, ¡Yumi! ¡Yumi! ¡A comer!». Y cómo chillaba cuando Carl, el dependiente de la tienda, logró agarrarlo.

Ese desagradable recuerdo se interrumpió cuando alguien dijo: «Soy poeta y no lo sabía, pero mis largos pies me lo decían».

—Oí-Eso-Kirk —dijo la señora Brisbane—. Como les decía, dedicaremos una gran parte de este semestre a recitar y escribir poesía.

Los murmullos crecieron en intensidad. Creo que hay algunos que le tienen tanto miedo a la poesía como yo a las plumas.

Seth se retorció en su asiento e hizo como si se golpeara la cabeza contra el pupitre.

—Poesía —gimió.

—Siéntate-Quieto-Seth —dijo la señora Brisbane.

Pero sentarse tranquilo no era algo fácil para Seth. Ahora que lo tenía casi frente a mí, podía ver que no paraba de moverse, lo que hizo reír a Gail Morgenstern.

—No-Te-Rías-Gail —le advirtió la señora Brisbane.

Gail paró de reírse, pero le entró hipo.

—Por favor, ve a beber un poco de agua —le dijo la señora Brisbane. Entonces se viró hacia Tabitha y le dijo—: Por favor, guarda ese juguete.

Todos se volvieron a mirar a Tabitha, y yo también. Mecía en sus brazos a un desvencijado oso de peluche. Al osito gris le salía un poco de relleno por las orejas, y a su desteñido overol azul le faltaba un botón. Incluso su sonrisa parecía perdida.

—Orden, por favor —dijo la señora Brisbane.

Por suerte, en el aula reinaba un completo silencio. Si Gail hubiese estado allí en ese momento, ¡hubiésemos oído carcajadas y un ataque de hipos!

Tabitha guardó el viejo osito dentro de su pupitre sin decir una sola palabra.

Justo en ese momento, llegó el director Morales.

—Lamento interrumpirles, señora Brisbane; solamente quería darles la bienvenida después de las vacaciones.

El director lucía fenomenal con su corbata llena de pequeños lápices. Siempre llevaba corbata porque él era La-Persona-Más-Importante de la Escuela Longfellow.

—Muchas gracias, señor Morales —dijo la señora Brisbane—. Tenemos una nueva estudiante, Tabitha

Clark y, como verá, hemos organizado la clase de forma diferente.

—Bienvenida, Tabitha —dijo el señor Morales—. Estoy seguro de que te sentirás a gusto en el Aula 26. Me alegro de ver que nuestro amigo Humphrey también ha regresado.

Recorrió toda la clase hasta llegar a mi jaula.

—¡ENCANTADO DE VERLE! —chillé todo lo que pude.

—¡Hola, pequeño amigo! —me saludó. Entonces se viró para mirar a todos los alumnos—: Pueden aprender mucho de Humphrey. Les deseo un excelente semestre.

En cuanto se fue, volví a mirar a Tabitha. Continuaba con la vista baja. No podía ver muy bien su cara, pero estaba roja como el color cobrizo de su cabello. Creo que pasé mucho tiempo observándola, porque, de repente, sonó la campana del recreo.

—Ven, Tabitha, vamos a buscar los abrigos —le dijo Mandy.

Tabitha guardó el osito de peluche en su bolsillo y siguió a Mandy hasta el guardarropa.

Tan pronto como salieron los estudiantes, entró la señorita Loomis. Dos hoyuelos rosados de la emoción coloreaban sus mejillas, y sus rizos se movían en todas las direcciones.

—¿Lista? ¿Lo hacemos? —le preguntó entusiasmada a la señora Brisbane.

—Claro que sí —contestó mi maestra—. Enseguida le hago un lugar.

Caminaron hasta la mesa, delante de la ventana, donde estaba mi jaula.

—Este lugar es perfecto para él —dijo la señorita Loomis señalando un espacio cerca de mi casa.

La señora Brisbane corrió algunos de mis suministros hacia el otro extremo de la mesa.

—¿Estás segura de que no da mucho trabajo?

—Segura. Nada comparado con el trabajo que da un hámster —respondió la señorita Loomis.

¿QUÉ-QUÉ-QUÉ? ¡Nada comparado con el trabajo que da un hámster! ¿Cuándo le he dado yo trabajo al Aula 26? ¿No me he dedicado en cuerpo y alma a ayudar a mis compañeros de clase y a mi maestra? Para mi sorpresa, la señora Brisbane no la corrigió. Estaba a punto de defenderme cuando volvió a sonar la campana, y la señorita Loomis salió corriendo del aula.

Me preguntaba *quién* era el que no daba tanto trabajo como yo. «Él» había dicho la señorita Loomis.

¿Pero quién era *él*? La curiosidad hizo que me temblaran los bigotes, y un cosquilleo recorrió mis extremidades.

Tenía los pelos de punta cuando los niños regresaron a la clase. Vi cuando Tabitha guardó el osito de peluche. Heidi también lo vio y puso los ojos en blanco mirando en dirección a Gail, quien por poco suelta una risita, pero se contuvo.

—Clase, como les dije anteriormente, tenemos varios cambios en el aula este año —dijo la señora Brisbane—. Uno de esos cambios es que tenemos una nueva mascota. Estoy segura de que será un gran aporte para la clase.

¿Una nueva mascota? ¿Para qué quería ella una nueva mascota si ya tenía una maravillosa, incomparable y tremendamente perfecta mascota que era yo? ¿Es que acaso pensaban reemplazarme?

Entonces entró la señorita Loomis cargando una caja grande de cristal. No podía ver lo que era porque mis compañeros se habían puesto de pie. Con los cuellos estirados, no dejaban de hacer exclamaciones, ¡oh!, ¡ah!, y no paraban de hablar.

—¡Es una rana! —gritó Heidi.

La señorita Loomis colocó la caja de cristal al lado de mi jaula. Ahora podía ver agua, rocas y una cosa verde, VERDADERAMENTE-VERDADERAMENTE-VERDADERAMENTE grumosa.

—Les presento a nuestra nueva mascota —dijo la señora Brisbane—. La señorita Loomis les hablará sobre ella.

—Niños y niñas, como ustedes saben, en mi aula tenemos una rana. Se llama George y es una rana toro. Antes de las fiestas, un alumno trajo esta rana para que le hiciera compañía a George. Le pusimos el nombre de Og. Sin embargo, como George es una rana toro, nos hizo saber con sus ruidos que no le gustaba Og. Cada vez que George croaba, Og se ponía a saltar y salpicar.

Mis compañeros se echaron a reír, pero yo, no. Por un lado, podía entender por qué George no quería tener otra rana que le hiciera competencia, pero, por otro, pensaba que podía buscar una mejor manera de dejárselo saber.

—Con tanto ruido, no podíamos hacer el trabajo de clase —continuó la señorita Loomis—, así que le pregunté a la señora Brisbane si a ustedes les gustaría tener a Og, y ella me dijo que sí. Es una rana muy tranquila. ¿Les gusta?

Todos mis amigos gritaron a la vez: «¡SÍ!». Todos menos Tabitha, que a escondidas acariciaba su osito.

Alguien dijo: «Croac-croac-croac», pero no fue precisamente la rana.

—Oí-Eso-Kirk. ¡Basta ya! Og se encargará de los efectos sonoros de ahora en adelante. Pienso que será un buen amigo para Humphrey —dijo la señora Brisbane.

¿Un amigo para mí? Por lo menos no se trataba de mi reemplazo. ¡Qué alivio! Yo ya tenía muchos amigos en el Aula 26, así que no tenía necesidad de buscarme otro. Pero, aun así, no quería ser descortés como había sido George con Og.

Una vez que la señorita Loomis se marchó, la señora Brisbane dejó que los niños se acercaran a ver a Og.

Seth dio unos golpecitos en el cristal.

—No hagas eso, Seth —le advirtió la maestra—. Lo puedes asustar.

—No parece que le tenga miedo a nada —observó Miranda.

—Es una rana graciosa, chistosa —dijo Kirk.

Esta vez Gail no se rio, lo que pareció molestar a Kirk.

—¿Es que no te das cuenta? ¿Graciosa, chistosa?

Gail puso los ojos en blanco y masculló algo que no le gustó a Kirk.

La señora Brisbane llamó a la niña nueva:

—Tabitha, acércate a ver a Og.

Tabitha no levantó la vista del pupitre y negó con la cabeza.

—¡Ven, Tabitha! —la llamó Mandy con impaciencia.

Nuevamente Tabitha negó con la cabeza.

—No ha querido hacer nada en todo el día —se quejó Mandy.

—Mandy, por favor... —dijo la señora Brisbane.

—¿Es en realidad una rana? —preguntó Richie observando a Og detenidamente, y este a él—. ¿No viven en el agua?

—Algunas ranas, sí —dijo la señora Brisbane—. Algunas especies viven en los árboles. Og es una rana verde común. Les gusta vivir cerca del agua, pero no dentro. Por eso su tanque es mitad tierra, mitad agua.

Una rana verde común no sonaba muy interesante, pero la verdad es que Og se había ganado la atención de mis compañeros de clase.

—¿Puedo encargarme de cuidar a Og? —gritó A. J.

—Baja-La-Voz-A. J. —dijo la señora Brisbane—. Entre todos cuidaremos a Og.

Tan pronto los estudiantes se sentaron, la señora Brisbane mostró un libro sobre el cuidado de las ranas.

—Tendremos que familiarizarnos con esto —dijo—. Cuidar a Og es diferente a cuidar a Humphrey. Humphrey es un mamífero de sangre caliente. Og es un anfibio de sangre fría.

¡Anfibio! Nada que ver con mamífero. ¡Solo escuchar la palabra hizo que mi sangre caliente se enfriara! Confiaba en que nunca incluyera esa palabra en un examen de ortografía.

La señora Brisbane comenzó a leer el libro:

—¡Ajá! —exclamó ella—. Aquí pone que la rana verde común es de tamaño mediano y de buena naturaleza. Emite un sonido agudo, inconfundible.

—¡BOING!

Casi me caigo de mi escalera. ¿Qué sonido era ese?

Entonces oí otro sonido: la risa burlona de mis compañeros.

—Ese sí que es un sonido inconfundible —dijo la señora Brisbane un poco sorprendida.

—¡BOING!

Pero esta vez, con toda seguridad, el sonido claramente provenía de la rana. ¿Qué manera de hablar era esa? Yo pensé que las ranas decían ¡CROAC!

La señora Brisbane se volvió hacia el tanque de cristal:

—Gracias por la demostración, Og.

Entonces oí: «¡Boing-boing-boing!», pero esta vez no provenía de la rana.

—Oí-Eso-Kirk Chen —dijo la maestra, y continuó hablando sobre los anfibios y su ciclo de vida.

—¿Qué comen? —preguntó Heidi.

—Levanta-La-Mano-Heidi —dijo la señora Brisbane un poco molesta—. Comen principalmente insectos. La señorita Loomis me dio un recipiente con grillos.

—¡Genial! —dijo Kirk.

Pero el resto de la clase dijo: «¡Puaj!».

Cuando terminé de tener arcadas, chillé: «¿Insectos VIVOS?». En realidad, nadie me prestaba atención, y mucho menos Og, que estaba repantigado sin hacer absolutamente nada.

⌣～⌣

Al finalizar el día, los estudiantes recogieron sus libros y sus abrigos, y desfilaron por nuestra mesa. Por lo menos la mitad de ellos dijo «Adiós, Og» o «Hasta mañana, Oggy».

Ni uno solo de mis compañeros me dijo adiós. Quizá simplemente se olvidaron.

Mandy se quedó un minuto después de terminada la clase.

—Señora Brisbane, usted me pidió que fuese amable con la niña nueva, pero ella no es muy amistosa que digamos.

—No-Te-Quejes-Mandy —dijo la maestra—. No es fácil ser la nueva de la clase. Ponte en sus zapatos. Dale tiempo. Tenemos todo un semestre por delante.

Todo un semestre por delante... ¿Y yo tengo que pasarlo junto a una rana?

La señora Brisbane sí que había hecho grandes cambios. De repente, me sentí mareado otra vez.

«La mejor parte de la vida se basa en la amistad».

Abraham Lincoln, *decimosexto presidente de Estados Unidos*

2

Una mascota disgustada

He tenido días malos. El peor fue cuando la señorita Mac se marchó. Era la maestra sustituta que me encontró en Mascotalandia y me trajo al Aula 26. Casi me rompe el corazón cuando decidió mudarse a Brasil, un lugar tan lejano.

También he superado problemas, como lograr que la señora Brisbane y su esposo Bert, que antes no podían ni verme, quedaran FASCINADOS-FASCINADOS-FASCINADOS conmigo.

Pero, a decir verdad, nunca he tenido un problema como este: cómo lograr hacer amistad con una rana. En Mascotalandia, conocí a cobayos, ratones, ratas, jerbos y chinchillas en el departamento de pequeñas mascotas. Si es que había ranas, posiblemente estaban con los peces u otras mascotas menos exóticas.

Cuando terminaron las clases y la señora Brisbane recogió su abrigo, guantes y libros, se acercó a Og y a mí y nos dijo:

—Bueno, chicos, se quedan solos esta noche. ¡Diviértanse!

Y, sin más, se marchó.

Recuerdo la primera noche que me quedé solo en el Aula 26. Según oscurecía fuera, el miedo se apoderaba de mí. Me hubiera gustado tener un amigo con quien conversar esa noche. Al igual que Tabitha, Og era nuevo en la clase, y pensé que debería tratar de hacer amistad con él. La señora Brisbane había dicho que no era fácil ser nuevo. Uno siempre debe escuchar al maestro.

—No te preocupes, Og —chillé—. Todos regresarán mañana, y Aldo vendrá más tarde.

Esperé por su respuesta, pero todo lo que oí fue un silencio absoluto. Pensé que quizá no me entendiera, y en ese momento recordé que yo había aprendido a entender lo que decían los humanos y que, en gran parte, ellos también entendían cuando yo intentaba decirles algo. Entonces, ¿cómo no poder lograrlo con una rana? Decidí intentarlo nuevamente.

—¿PUEDES OÍRME? —chillé lo más alto que pude.

O no podía oírme o era simplemente un maleducado. No conseguía verlo bien desde mi jaula, por la rueda, la escalera, las ramas de los árboles, mi cama y el espejo. Sabía que Aldo no vendría a limpiar el aula hasta más tarde, así que decidí presentarme. Como una mascota con experiencia y además querida por todos, sería fácil compartir la riqueza de mis conocimientos sobre el horario de clases, los estudiantes y el plan de estudios del Aula 26. Og podría acudir a mí si necesitaba consejo.

Después de todo, según había dicho la señorita Mac, uno puede aprender mucho cuidando de otras especies. Seguramente también se refería a las ranas.

Pude abrir fácilmente la puerta de mi jaula. Tiene una cerradura-que-no-cierra, aunque yo soy el único que lo sabe. Para los humanos parece que estuviera cerrada herméticamente, pero, créanme, no lo está.

—Og, voy a verte —anuncié.

Nuevamente no hubo respuesta. Salí corriendo para conocer a mi nuevo compañero.

El tanque de cristal tenía un plato con agua a un lado y piedrecitas y plantas al otro. Una tapa de malla cubría la parte de arriba. Sentado bajo una planta, se veía un gran bulto verde.

Caminé de puntillas hasta situarme delante del tanque y examiné el interior.

El bulto era más feo de lo que había pensado. Por lo menos comparándolo conmigo. Después de todo, yo soy un hámster dorado, de suave pelaje, ojos oscuros e inquisitivos, y una naricita color rosa. Humanos inteligentes como Miranda Golden y Sayeh Nasiri me habían dicho que yo era adorable.

Esta cosa llamada Og, por el contrario, era de un color verdoso repugnante, con ojos saltones y completamente pelón. Y lo que era peor: su boca era tan grande como el resto de su cuerpo; se curvaba en las comisuras como si se sonriera. Pero no parecía contento, sino triste.

—Permíteme presentarme: me llamo Humphrey y soy tu vecino —chillé lo más amablemente posible.

Ninguna respuesta. A lo mejor no podía oírme. Mirándolo bien, no tenía unas orejas perfectas como las

16

mías. De hecho, no parecía tener orejas. Pero al menos podría darse cuenta de que mi intención era amistosa.

—¿OG? —Me acerqué y chillé un poco más alto esta vez—. Aunque no nos conocemos, quiero extenderte la pata de la amistad.

Entonces, sin previo aviso, Og se abalanzó sobre mí y soltó un estrepitoso ¡boing!

¡Debí haber dado un salto de por lo menos un pie de largo! Y aunque no podía alcanzarme a través del cristal, ¡me dio un susto tremendo!

—Solo trataba de ser amable —le dije retrocediendo a mi jaula.

—¡Boing! —dijo sonando como las cuerdas rotas de una guitarra.

Me volví a mirar una vez más. ¿Era eso una sonrisa burlona o de desprecio?

Mi corazón latía muy rápido cuando entré a mi jaula y cerré la puerta con fuerza. ¡Vaya amigo que era Og tratando de asustarme de esa manera!

Intenté ponerme en sus zapatos, como había dicho la señora Brisbane, pero él no usaba zapatos. A decir verdad, yo tampoco.

Agarré el cuaderno y el lápiz que guardaba detrás del espejo. Me los había regalado la señorita Mac. Nadie en el Aula 26 sabía que yo los tenía. Nadie sabía que yo podía leer y escribir. Escribir me ayudaba a ordenar mis pensamientos. Y esa noche tenía muchos pensamientos dándome vueltas en la cabeza, algunos de ellos no muy buenos.

Me dediqué a escribir durante varias horas, y Og estuvo bastante tranquilo, excepto por el fastidio que ocasionaba cada vez que salpicaba. Hay que ver, ¡yo me acicalo y bebo agua sin hacer tanto ruido!

De repente, el cuarto se llenó de una luz brillante, y oí un ruido familiar. PUM-PUM-PUM. Era el conserje de la Escuela Longfellow, Aldo Amato.

—¡Viva, sí, Aldo está aquí! —anunció una voz.

—¡Aldo! ¡Mi amigo! —chillé mientras saltaba a mi rueda y comenzaba a dar vueltas loco de alegría.

Aldo dejó el carrito de la limpieza junto a la puerta y corrió a mi jaula.

—¡Feliz Año Nuevo, Humphrey! Te ves muy guapo y saludable —dijo.

¡Esto sí que es un buen amigo!

—Feliz Año para ti también —chillé yo.

—¿Quién es tu compañero? —preguntó Aldo mirando a Og—. Ah, pero si yo te conozco. Tú eres la rana del aula al final del pasillo. Pero ¿qué haces aquí?

—¡Ni quieras saber! —chillé yo.

Aldo se volvió de nuevo hacia mí:

—Tranquilo, amigo, te he traído algo especialmente para ti. —Buscó en el bolsillo y dejó al descubierto un tomate diminuto, el más hermoso que jamás había visto. Hasta me dieron ganas de llorar.

—Gracias, Aldo —chillé guardando el tomate en la bolsa de mi mejilla para más tarde.

—De nada, Humphrey.

Aldo se volvió para mirar a Og:

—Lo siento, no sé qué comen las ranas.

—Tampoco querrás saberlo, te lo aseguro.

Aldo agarró una bolsa de papel y acercó una silla a mi jaula.

—¿Puedo cenar contigo? —preguntó.

No necesitaba preguntar. Habíamos compartido muchas veladas juntos mientras cenaba durante su descanso. Respiré profundamente. Aldo despedía un agradable olor a tiza y a espray de pino. Olía como yo imaginaba que olían los bosques. En algún momento, hace MUCHO-MUCHO-MUCHO tiempo atrás, hámsteres salvajes debieron habitar los bosques, entre hojas de árbol caducas y piñas. ¡El olor de Aldo evocaba mi hogar!

—¿Te importa si conversamos un rato? —me preguntó.

Desde luego que no me importaba. Había tratado, en vano, de mantener una conversación con Og durante toda la noche.

—Humphrey, tengo que decirte algo. ¿Te acuerdas de que le di a Maria, mi novia, un anillo de compromiso por Navidad? Bueno, ahora te voy a dar una noticia mejor: ¡nos casamos el día de Año Nuevo! —dijo alzando su mano izquierda que mostraba un anillo de oro en uno de sus dedos.

—¡Espero que seas muy FELIZ-FELIZ-FELIZ! —chillé emocionado.

—Gracias, amigo. Sé que te dije que estarías en mi boda, pero decidimos casarnos en una ceremonia íntima. Espero que lo entiendas. ¿Verdad que sí?

Claro que le dije que sí. Después de todo, fui yo el que hizo posible que se conocieran. Y, además, cuando conocí a Maria, me di cuenta de que era tan buena persona como Aldo.

—Ya no soy un solterón y me siento verdaderamente feliz. Sin embargo, he estado pensando que aunque me gusta mucho este trabajo no gano lo suficiente.

Aldo hizo una pausa para comer un bocado de su sándwich:

—Quisiera tener hijos y una casa, y a lo mejor criar un par de hámsteres que sean míos.

Me parecía una excelente idea; mientras que no quisiera criar ranas...

—Me gustaría tener las noches libres para estar con mi familia. Tengo que buscar la forma de conseguir otro trabajo —continuó Aldo.

—¡Puedes hacerlo! —chillé.

Aldo terminó de cenar; hoy estaba más callado que de costumbre. Comencé a dar vueltas en mi rueda para entretenerlo, pero se le veía absorto en sus pensamientos. Finalmente, guardó la bolsa de su comida.

—Esta noche no he sido muy buena compañía. Hasta la rana posiblemente tiene cosas más interesantes que decir que yo.

—Ni hablar —chillé.

Después de que Aldo terminara de limpiar y se fuera, me puse a pensar. Personalmente, no tenía la menor duda de que Aldo era un ser humano especial, el mejor que he conocido. Lo iba a extrañar mucho si conseguía otro trabajo. Pero Aldo era también mi amigo, y si quería un trabajo mejor, yo lo iba a ayudar.

Empecé a anotar algunas ideas en mi cuaderno y perdí la noción del tiempo hasta que oí salpicaduras. Ya casi me había olvidado de tú-ya-sabes-quién-a-mi-lado.

—¿Qué pasa, Og? —le pregunté.

A lo mejor había recapacitado sobre su mal comportamiento y quería disculparse.

Pero no hubo respuesta, solo splash-splash-splash. A mí, la idea de estar sumergido en agua me parecía horrible. Prefería acicalarme de una manera tradicional: con la lengua, los dientes, las patas y las uñas, como lo hacía todos los días. A mis compañeros de clase les encantaba observarme. Por lo menos así era antes de que llegara «ojos saltones».

Pero ya que tenía que compartir la mesa con él, pensé que lo mejor sería TRATAR-TRATAR-TRATAR de hacer amistad una vez más.

—Conque refrescándote, ¿no? —pregunté

Tampoco hubo respuesta. Ni siquiera una salpicadura. Pero sí se escuchó otro ruido: ¡grillos! ¡Entonces era cierto que estaban vivos!

La comida de Og sería con música de fondo. Mis tentempiés nutritivos y mis supergusanos no hacían ruidos hasta que los masticaba. Pero los grillos, por quienes sentía verdadera lástima, emitían un sonido musical raro: «¡Cri-cri-cri!». Aparentemente eran nocturnos como yo.

La noche prometía ser larga con esos ruidosos grillos y una rana silenciosa. Me subí a mi rueda tratando de disipar así mi irritación.

Pero no funcionó.

«La única manera de tener un amigo es serlo uno también».

Ralph Waldo Emerson, *poeta y ensayista norteamericano*

Entristecido-Enfurecido-Deprimido

Les contaré cómo transcurrió toda la semana: ¡TERRIBLE-TERRIBLE-TERRIBLE! Seguramente se celebraba la Semana Nacional de Apreciación a las Ranas, porque fue el único tema del Aula 26.

Primero, la señora Brisbane nos enseñó cómo cuidar a Og. Los estudiantes la rodearon para ver cómo se ponía unos guantes de goma, agarraba el recipiente con los insectos y echaba unos cuantos en el tanque de Og. No parecía muy entusiasmada con los grillos, ya que eran bastante grandes y feos. De la manera que saltaban de un lado a otro del tanque, ahora comprendía por qué Og siempre decía ¡*boing*!

—¿Te fijaste en la lengua? —gritó A. J.—. ¡Debe de medir por lo menos un pie de largo!

—¡Ay! ¡Se zampó uno! —gritó Heidi.

—¡Qué asco! —exclamó Seth viendo cómo la lengua de Og atrapaba los grillos.

—Me gustaría acariciar a Og —dijo Mandy. Y antes de que nadie pudiera detenerla, deslizó la tapa del tanque, introdujo la mano y agarró la rana.

—¡No, Mandy! —dijo la señora Brisbane, pero era demasiado tarde.

—¡Se hizo pis en mi mano! —gritó Mandy dejando caer a Og en el tanque.

No culpo a Mandy. ¡Hay que ver qué modales tiene esa rana! ¿Es esa la manera de comportarse una mascota de clase?

Seth dio un salto atrás sacudiendo las manos:

—¡Qué asco!

Como era de esperar, Gail se echó a reír y todos la imitaron.

—Mandy, lávate bien las manos con jabón y agua caliente —le dijo la señora Brisbane. Al resto de la clase le explicó—: Eso exactamente es lo que hacen las ranas cuando se asustan. Todos debemos tratar al pobre Og con delicadeza. Si tienen que tocarlo, deben usar guantes. Sosténganlo por los omoplatos; nunca le aprieten la barriga, porque podrían lastimarlo.

Les pidió a mis compañeros de clase que tomaran sus asientos (menos Mandy, que se estaba lavando las manos). Entonces tuvimos que escuchar más datos sobre las ranas. No nacen tan adorables como los bebés hámster. ¡NO-NO-NO! Nacen de huevos que se convierten en larvas (unos feos renacuajos) y terminan siendo unas grumosas ranas de ojos saltones.

Por alguna extraña razón, todos parecían fascinados con las ranas, todos menos Tabitha y yo. Ella le prestaba más atención a su osito de peluche que a cualquier otra cosa en la clase.

Escuché a Mandy quejarse con sus amigas y decirles que Tabitha no era nada simpática.

—Traté de jugar con ella durante el recreo, pero solo le interesa ese viejo oso. Es como un bebé grande —dijo Mandy.

—A lo mejor es tímida —dijo Sayeh.

Me agradaba ver que Sayeh había aprendido a decir lo que pensaba. Pero las otras niñas decidieron que Tabitha simplemente no era nada amistosa.

Igual que el otro nuevo compañero del Aula 26.

～•～

Después de hablar mucho de ranas, la señora Brisbane cambió al tema de poesía.

Primero, leímos un poema de miedo sobre un tigre. A continuación, leímos un poema sobre una abeja y, después, un poema tonto sobre una vaca morada. Algunos poemas riman y otros, no. Pero hay muchas palabras que riman, como *luna* y *cuna*, *gata* y *rata*. (Increíble que estas dos últimas palabras rimen, ¿verdad?).

Esa noche, mientras Og miraba absorto al espacio, anoté en mi cuaderno una lista de palabras que rimaban. Mejor que tratar de entablar conversación con él que me ignoraba todo el tiempo.

Panzón, saltón, gruñón, tragón. ¡Increíble también que rimen estas palabras!

Después de pasar varios días leyendo poemas, la señora Brisbane dijo que ya era hora de que nosotros escribiéramos nuestros propios poemas. Esta vez las quejas se oyeron más que la primera vez que mencionó la palabra *poesía*. La señora Brisbane alzó la mano indicando que todos callaran.

—Todo esto es en preparación para el Día de San Valentín, cuando la clase hará una presentación a los padres durante el Festival de Poesía. Cada uno recitará un poema suyo o alguno que le guste.

No se oyó ninguna queja. Por el contrario, todos parecían realmente entusiasmados con la noticia. Incluso Presta-Atención-Art Patel parecía concentrado.

La señora Brisbane explicó que de tarea teníamos que escribir un poema sobre un animal, de por lo menos seis líneas y con palabras que rimaran.

Mandy levantó la mano, y la maestra la llamó.

—Mi nombre rima con *candi* (de azúcar candi).

La señora Brisbane sonrió:

—Tienes razón, Mandy. ¿Alguien más tiene un nombre que rime?

—Richie rima con *pichi* —dijo A. J.

—¿Qué? —preguntó Repite-Eso-Por-Favor-Richie.

Las palabras daban vueltas en mi cerebro: Humphrey-Dumphrey.

—Seth rima con *pez*

Heidi se olvidó de levantar la mano otra vez.

—Y con *tez* —murmuró Kirk

—Oí-Eso-Kirk Chen —dijo la señora Brisbane.

—Y Kirk Chen rima con *santiamén*, que es lo que tardas en decir una tontería —dijo Heidi.

—Por favor, basta ya —dijo la señora Brisbane con firmeza—. ¡Todos a trabajar!

Nunca vi a mis compañeros trabajar con tanto esmero. Richie masticaba el lápiz, Seth no paraba de mover una pierna, Heidi borraba más de lo que escribía, Kirk se rascaba la cabeza y Miranda escribía, escribía y escribía. De repente, paró de escribir y levantó la mano.

—Señora Brisbane, ¿puede pensar en algo que rime con hámster? —preguntó.

—A ver, preguntémosle a la clase. ¿Alguien sabe?

Solo a Miranda Golden se le podía ocurrir una pregunta excelente como esa. Puso a todos a pensar. Se hizo tal silencio que se podía oír si un lápiz caía al suelo. De hecho, cayeron dos.

—*Gánster* —se escuchó una voz.

—Levanta-La-Mano-Heidi —dijo la señora Brisbane caminando hasta la pizarra—. A ver, ¿qué opinan? ¿Creen que *HÁMster* rima con *GÁNster*?

Escribió las palabras en la pizarra y las repitió en voz alta.

—¿Tienen exactamente el mismo sonido? —preguntó.

Bueno, espero que no: los gánsteres son tipos malos y yo soy buena gente.

—A ver, busquen más palabras para rimar —dijo la maestra.

—¡*Humphrey*! —chillé entusiasmado.

Tenía que haber una palabra que rimara con Humphrey.

—¡*Rana*! —gritó A. J.

—Baja-La-Voz-A. J. —le recordó la señora Brisbane.

—Y no te olvides de levantar la mano —añadió Heidi.

27

La señora Brisbane movió la cabeza de un lado a otro, y comenzó a escribir en la pizarra las palabras que gritaban mis compañeros de clase: *rana, iguana, sana, perro, cerro, gato, chato* y otras más.

Nada rimaba con *hámster*, pero había un montón de palabras que rimaban con *rana*. ¡Estaba totalmente deprimido! Me pregunté cuántas palabras rimaban con *deprimido*. Entonces pensé en *abatido, entristecido, enfurecido*.

～∾～

Después del recreo le tocaba a Miranda limpiar mi jaula. Ella siempre se esmeraba en limpiar la esquinita donde yo hacía mis necesidades, cambiarme el agua y hacerme la cama. Y siempre tenía algo especial para mí, como un trocito de coliflor. ¡Qué rico!

—Lo siento, Humphrey. Traté de escribir un poema sobre ti, pero creo que voy a tener que escribirlo sobre Clem —dijo ella.

Clem era el perro de Miranda, el que trató de comerme cuando me quedé el fin de semana en su casa. No entendía cómo Miranda podía soportar a ese perro.

Esa noche escribí mi primer poema. Le pregunté a Og si quería oírlo. Su silencio no me alentó, pero decidí leerlo en voz alta de todas maneras.

Cuando la señorita Mac se fue a Brasil,
me sentí
ENTRISTECIDO-ENTRISTECIDO-ENTRISTECIDO.

Cuando Clem se portó mal conmigo,
me sentí ENFURECIDO-ENFURECIDO-ENFURECIDO.

Ahora Og, mi nuevo vecino, ha logrado
que me sienta DEPRIMIDO-DEPRIMIDO-DEPRIMIDO.

De hecho, esta ha sido la peor semana
que jamás he TENIDO-TENIDO-TENIDO.

Esperaba oír los aplausos de Og o, por lo menos, que hiciera un sonoro ¡boing!, pero solo se escuchó un silencio absoluto. Cuando me volví a mirar a mi vecino, sonreía de oreja a oreja; bueno, si hubiera tenido orejas, claro. De todas maneras, su sonrisa tampoco me animó.

◦~•~◦

Me sentí mejor al día siguiente, pero seguramente porque era viernes. Eso me daría un respiro del Aula 26 y de esa cosa verde y gruñona. Cada fin de semana un estudiante diferente me llevaba a su casa. Hasta ahora había tenido muchas aventuras realmente maravillosas con mis compañeros y sus familias. ¡Incluso había ido a casa del director Morales!

Este fin de semana iba a ir a casa de Espera-Por-La-Campana-Garth-Tugwell. Desde hacía tiempo deseaba llevarme con él.

—¿Puedo llevar a Og también? —preguntó Garth.

—Og se quedará aquí. Las ranas no necesitan comer todos los días, excepto cuando son pequeñas.

A decir verdad, no me sentí ni entristecido ni deprimido.

◦~•~◦

—¿Podrá venir tu mamá a recogernos? —A. J. le preguntó a Garth una vez terminadas las clases.

No podía verlo, pero sí podía oírlo mientras esperábamos por el autobús. Una manta cubría mi jaula porque hacía frío. No me importaba, mientras estuviera LEJOS-LEJOS-LEJOS de Og. (Quien ni siquiera se molestó en decirme adiós).

—Mi papá me dijo que no la molestara. Ella no se siente bien. ¿Crees que podría recogernos tu mamá?

—Ojalá —suspiró A. J.—, pero tiene que recoger a mi hermana del kindergarten y poner a dormir su siesta al bebé.

—¿Le dijiste algo a tus padres sobre Bean? —preguntó Garth.

No estaba seguro, pero creí oír Bean. Las palabras sonaban un poco apagadas bajo la manta.

—No —dijo A. J.—. La última vez que les dije que alguien de la escuela me acosaba, mi papá me inscribió en clases de boxeo. ¡Cómo odiaba esos golpes! Era peor que enfrentarme a un acosador.

Traté de descifrar qué había querido decir A. J. con acosador, pero no tuve tiempo de averiguarlo porque en ese momento llegó el autobús.

—Listos —dijo Garth agarrando mi jaula—. No te separes.

—Bien. Sentémonos adelante, cerca de la señorita Victoria —susurró A. J.—. Es el lugar más seguro.

Por los ruidos que oí supe que estábamos dentro del autobús. Por suerte, la manta se corrió, y por una esquina pude ver a la señorita Victoria, la conductora del autobús, que miraba hacia atrás por encima del hombro.

—Muévanse, chicos —dijo con voz firme—. Señoritas, una de ustedes tiene que cambiarse. No pueden sentarse tres en un asiento.

Tres niñas de primer grado estaban sentadas amontonadas en el asiento que había detrás de la conductora.

—No voy a poner en marcha el autobús hasta que una de ustedes se cambie de asiento. Muévete tú, Beth.

La niña que estaba en el extremo del asiento se levantó tímidamente y comenzó a caminar por el pasillo mirando nerviosamente en dirección a sus amigas.

—Muévanse rápido, por favor —dijo impaciente la señorita Victoria.

De repente, ¡PUM! La niña, que se llamaba Beth, cayó de bruces en el piso justo delante de nosotros. Sus libros salieron volando por todas partes.

Todos guardaron silencio hasta que por fin alguien dijo:

—Oye, tú, torpe, ¡se te cayó algo!

A continuación, se oyó una risa burlona.

—Le pusiste una zancadilla —dijo A. J. con una voz no tan fuerte como acostumbraba.

—¿Qué dijiste? Y, a propósito, ¿qué significan las iniciales A. J.? ¿Atontado Jeremías?

Me arrastré hasta una esquina de la jaula para ver quién hablaba. Era un niño GRANDOTE-GRANDOTE-GRANDOTE, tenía el pelo pincho y una expresión amenazadora en su rostro.

Garth y A. J. se agacharon para ayudar a Beth a recoger sus libros, y la señorita Victoria dijo:

—Garth y A. J., si no se sientan ahora mismo para que pueda poner el autobús en marcha, voy a tener que pasar una nota al director.

—Siéntate ya, garrapata garrapatosa —le gritó el muchacho grandote a Garth.

—Voy a quejarme al director —murmuró Beth.

—No lo hagas —le dijo A. J. en voz baja—. Sería peor.

¡Así que este era el temible Bean de quien hablaban! Beth se deslizó en un asiento sujetando sus libros. A. J. comenzó a caminar hacia su asiento cuando, de repente, Bean sacó una pierna al pasillo. ¡Conque así fue como le puso una zancadilla a Beth! A. J. logró esquivarla. Garth y yo (dentro de mi jaula) estábamos de pie al lado del temible Bean.

—¿Qué hay en la jaula, cara de garrapata? ¿Tu almuerzo? —Soltó una risotada, pero nadie más en el autobús se rio—. ¿O es acaso tu novia?

¡El colmo! Yo estaba furioso. Alguien tenía que enfrentarse a ese tipo.

—Para que te enteres, yo soy un hámster dorado. ¡Y tú, el ser más despreciable del mundo!

—¿Alguien tiene una ratonera? —gruñó Bean.

—¿Qué pasa que no se acaban de sentar? —gritó la señorita Victoria—. Garth y A. J., voy a pasar una nota a la oficina del director.

Garth se sentó en el asiento situado al otro lado de A. J. Yo estaba a punto de decirle lo que realmente pensaba a la señorita Victoria cuando el autobús frenó súbitamente y tuve que agarrarme a mi jaula para no caerme. Lamenté haber comido esos tentempiés antes de salir.

Toda la semana había esperado ansiosamente poder ir a casa de Garth. ¡Ahora no estaba seguro de si llegaría con vida!

«La amistad es una mente en dos cuerpos».

Mencio, *filósofo chino*

4

Bean, el acosador

La parada de A. J. era antes que la de Garth.

—Ven por casa mañana —le dijo Garth a su amigo.

Tan pronto como A. J. se bajó, Garth se movió a la parte delantera del autobús para alejarse de Bean.

—Garth, ¿es que no entiendes lo que quiere decir *siéntate*? —dijo la señorita Victoria un poco molesta.

—Lo siento. La jaula no cabía en el asiento —contestó él.

—¿Y qué es lo que hay ahí dentro? —preguntó ella.

Antes de que Garth pudiera contestar, el autobús se detuvo delante de su casa. Cubrió bien mi jaula con la manta y bajó rápidamente los escalones.

La señora Tugwell estaba esperando en la puerta de la casa. Tenía el pelo rizado y castaño como su hijo. Tenía pecas y usaba lentes igual que él. Una vez dentro, lo ayudó a colocar mi jaula en la mesa de la sala de estar. Andy, el hermano pequeño de Garth, entró a la sala corriendo. Tenía el pelo rizado, color castaño, pecas y también usaba lentes.

—¡Mío! —gritó.

—Nada de eso. Es mío, por lo menos este fin de semana —dijo Garth.

—Cuéntale a Andy cosas sobre Humphrey —le pidió su mamá.

—Es un hámster, y tienes que tratarlo bien —le explicó Garth.

¡Bien dicho!

—Ham... jamón. Me gusta el jamón —dijo Andy frotándose el estómago—. ¡Qué rico!

Salté a mi rueda para que Andy viera que era un hámster y no un jamón.

—¡Jamón da vueltas! —gritó Andy.

La mamá de Garth trajo un plato con galletitas y mantequilla de cacahuate. ¡Qué bien olía!

—¿Qué tal te fue en la escuela hoy? —le preguntó.

—Bien —dijo Garth—. Mamá, ¿podrías hablar con la mamá de Bean? Trata mal a todos los niños en el autobús.

—¿Martin Bean? —La mamá de Garth parecía sorprendida—. Caramba, cada vez que me lo encuentro es siempre muy amable.

—Será la única vez que es amable —explicó Garth—. Hoy le puso una zancadilla a una niña e insultó a todos.

—Me extraña esa actitud en Martin. ¿Qué hizo la conductora?

—Nada —contestó Garth.

—Creo que es ella la que debe solucionar este asunto —dijo la señora Tugwell.

—¡Pero tú eres amiga de la señora Bean!

—Probablemente dejaría de serlo si me quejo de su hijo. A lo mejor, si fueras más amable con él, cambiaría de actitud.

—¡Mamá! —se quejó Garth.

—Vale la pena intentarlo —sugirió su mamá.

No pude aguantarme y dije:

—Pero si es la persona más mala que he conocido —chillé.

—Caramba, ¿qué le pasa a Humphrey? —preguntó la señora Tugwell.

—A lo mejor a él tampoco le cae bien Marty. ¡Es muy inteligente!

~•~

Al poco tiempo de llegar el señor Tugwell a casa, llegó Nathalie, la niñera que cuida bebés. Miré a mi alrededor y no vi a ningún bebé. Garth no era un bebé, Andy no era un bebé y yo mucho menos.

Nathalie tenía el pelo negro, llevaba una blusa negra, pantalones negros y zapatos negros. La montura de sus lentes era también de color negro. Sus labios eran de un color rojo brillante.

—Nathalie, pide una *pizza* para cenar —le dijo el papá de Garth dándole dinero—. Traje unos videos para los niños.

—De acuerdo —dijo Nathalie—. ¿Está bien si hago mi tarea?

—No tengo inconveniente mientras que acuestes a los niños a las nueve —dijo la señora Tugwell.

Nathalie miró en dirección a la jaula:

—¿Y qué hago con la rata?

Me sentí decepcionado. Me habían llamado *jamón* y *rata* en un mismo día.

—¡Es un hámster! —gritó Andy.

—¡Ah, un hámster! ¡Qué mono! —dijo Nathalie inclinándose hacia mi jaula—. ¡Hola, pequeñín!

Después de una semana miserable y un viaje agitado, de repente comencé a sentirme mejor.

~·~·~

Más tarde, los niños comieron *pizza* y vieron videos mientras Nathalie leía un libro grande y grueso.

—¿Qué es eso? —preguntó Andy inclinándose sobre el hombro de Nathalie—. ¿Por qué no tiene dibujos?

—Los libros de universidad no tienen dibujos.

—¿Qué es *universidad*? —preguntó Andy arrugando la nariz.

Nathalie suspiró:

—Cuando terminas la escuela secundaria y te gradúas, si quieres conseguir un buen trabajo de doctor, abogado o maestro, tienes que ir a la universidad.

—Es cierto —apuntó Garth—. El colegio universitario de la ciudad está muy cerca de aquí. Mamá tomó clases allí el año pasado.

—Es ahí adonde yo voy —dijo Nathalie—. Estudio Psicología.

Qué palabra tan larga e impresionante. La escribí en mi cuaderno para que no se me olvidara. (Espero que nunca salga en un examen de ortografía).

—La psicología ayuda a descubrir lo que hay dentro de la cabeza de las personas —dijo Nathalie rozando con su mano la cabeza de Andy.

—Cerebro gelatinoso, ¡qué asco! —dijo Garth.

—¡No en mi cabeza! —gritó Andy levantándose rápidamente del sofá.

Nathalie se echó a reír.

—No es eso precisamente. La psicología es una ciencia que te enseña cómo piensa la gente. A propósito, ¿sabes en lo que estoy pensando ahora?

Andy negó con la cabeza.

—Pienso que es hora de irse a la cama —dijo Nathalie—. Son las nueve en punto.

Los dos niños refunfuñaron.

—Todavía no —protestó Garth.

—¡No puedes obligarme! —dijo Andy cruzándose de brazos.

—Es cierto. No puedo obligarte —dijo ella con una sonrisa.

Los ojos de Andy casi se le salen de las órbitas.

—¡¿Qué?!

—¿Por qué no ponen otro video? Podemos quedarnos despiertos hasta que regresen sus padres —dijo Nathalie—. ¡Será divertido!

—¡Sí! —exclamó Garth mientras chocaba la mano con la de su hermano pequeño.

Pero yo estaba un poco confuso. ¿No le había dicho bien claro la señora Tugwell que los niños tenían que acostarse a las nueve? Estaba seguro de que Nathalie había perdido la razón.

Garth se acomodó en el sofá, pero, al poco rato, la sonrisa desapareció de su rostro.

—¿Cuándo crees que mamá y papá regresarán?

Nathalie se encogió de hombros.

—No sé. No dijeron hora.

—¿No se disgustarán si estamos despiertos?

—Supongo, pero lo averiguaremos cuando lleguen.

—Se enojarán si no estamos acostados —dijo Andy preocupado.

—Es posible. Tenemos tiempo de ver otros videos si quieren —dijo ella.

Garth se paró y bostezó fuertemente:

—En realidad estoy un poco cansado —dijo.

—Yo también —dijo Andy estirando los brazos.

Nathalie sonrió:

—Bueno, en ese caso, prepárense para acostarse; yo subiré en unos minutos.

Los dos hermanos corrieron a sus cuartos. Nathalie contuvo una sonrisa y se inclinó sobre mi jaula.

—Y eso, hámster Humphrey, es lo que se conoce como *psicología inversa*. Logras que la gente haga lo que tú quieres, pidiéndoles que hagan lo contrario.

Psicología inversa. (Recuerda, se pronuncia [sicología], pero se escribe con *p*). ¡Conque es así como funciona la mente de las personas! Solo tienes que decirles lo contrario de lo que quieres que hagan.

Puedes aprender mucho en la universidad.

Puedes aprender mucho de una niñera también.

～∘～

Al día siguiente por la tarde, A. J. vino a casa de Garth para jugar un rato. La señora Tugwell había llevado a

Andy a comprarle unos zapatos. El señor Tugwell estaba en la cocina pagando cuentas. Los chicos estaban solos conmigo en la sala de estar.

—Humphrey necesita un poco de ejercicio —dijo A. J.—. Saquémoslo un rato de la jaula.

—Me parece bien. Vigílalo mientras yo le limpio la jaula.

Con delicadeza A. J. me sacó de la jaula mientras Garth se puso unos guantes para limpiarla. Ambos tuvieron que contener la risa cuando a Garth le tocó limpiar el rinconcito de mi bacinilla. Les sucede a todos, pero tengo que admitir que hizo un buen trabajo. Mientras Garth limpiaba mi jaula, los amigos continuaron conversando.

—¿Crees que tu papá podría llevarnos al colegio el lunes por la mañana? —preguntó Garth.

A. J. negó con la cabeza mientras me acariciaba gentilmente:

—Entra a trabajar muy temprano. Y tú papá, ¿podría llevarnos él?

Garth negó con la cabeza:

—Siempre me recuerda que él tenía que caminar todos los días para ir a la escuela, y la suerte que yo tengo de poder ir en autobús.

—Entiendo —dijo suspirando A. J., y me puso sobre la mesa.

—¡Ten cuidado! —dijo Garth, y colocó una fila de libros grandes alrededor de la mesa—. No queremos que Humphrey se escape.

—A lo mejor se enferma el lunes —dijo Garth esperanzado.

—Bromeas, ¿verdad? Es el chico más robusto y saludable de todo el colegio. Si no fuera por lo grandote que es, yo me las vería con él —dijo A. J. cerrando el puño.

—Yo también —dijo Garth.

No era difícil entender que hablaban de Marty Bean.

—No entiendo por qué la señorita Victoria siempre se pone de su parte —dijo Garth al cabo de un rato.

—Él sabe cómo salirse con la suya sin que ella se dé cuenta.

Los chicos guardaron silencio por un tiempo hasta que por fin Garth dijo:

—Recuerdo una vez que Miranda bebía agua en el bebedero a la hora del recreo cuando él llegó y la apartó de un empujón.

Solo de pensar que alguien pudiera empujar a Miranda Golden, un ser humano casi perfecto, hizo que se me pusieran los pelos de punta.

—¿Se lo dijo al director? —preguntó A. J.

—Sí, pero Bean dijo que él no lo había hecho —explicó Garth—. Que ni siquiera estaba cerca de ella. Dijo que había sido Kirk. Como Miranda comprendió que Kirk se podía meter en un lío, dijo que todo había sido un malentendido. Hizo esto para evitar que castigaran a Kirk.

—Es terrible. Se burla de todo el mundo. Por eso no tiene amigos.

Garth dio un paso atrás y se quitó los guantes:

—¡Esta sí que es una jaula reluciente!

—Magnífico —chillé—. ¿Pero qué vamos a hacer con Bean?

—Bean es un nombre ridículo —dijo A. J.—. Es 'frijol' en español.

Los dos amigos comenzaron a reírse:

—Frijol refrito.

—Frijol blandito.

—¡Riman!

¡La señora Brisbane estaría encantada de oírlos rimar! Me gustaba verlos reír, pero estaba preocupado. Bean había dicho algo de una ratonera. Solo oír mencionar esos aparatos me hacía temblar y estremecer. Y tampoco quería ser testigo de que le pusieran una zancadilla o empujaran a alguien.

—¿Listo para volver a tu jaula, Humphrey-Dumpty? —preguntó Garth.

—¡SÍ! —chillé. Por alguna razón, los chicos se echaron a reír otra vez.

Me pusieron de vuelta en mi jaula y los chicos subieron a jugar al cuarto de Garth. Eso me dio tiempo para pensar. Por un lado, estaban Garth y A. J., dos buenos amigos. Se llevaban bien y se apoyaban mutuamente. Por otro lado, estaba Marty Bean, que no se llevaba con nadie y no tenía amigos.

A todos mis compañeros de clase les caía bien Og, pero cuando traté de ser su amigo, se abalanzó sobre mí amenazadoramente. Quizá el tema de la amistad no es tan fácil como uno piensa. Fue lo último que pensé antes de tomar mi siesta de la tarde.

El fin de semana en casa de Garth estaba resultando muy agradable. En la televisión habían dicho que afuera hacía mucho FRÍO-FRÍO-FRÍO, así que los Tugwell decidieron no salir. La familia hizo palomitas de maíz, ¡qué bien olían!, y vieron la televisión todos acurrucados en el sofá. Debería sentirme feliz, pero me preocupaba el regreso a la escuela en autobús el lunes. Lo que necesitaba era un plan. Y posiblemente algo de psicología.

—¿Estás seguro de que no se resfriará? —preguntó la señora Tugwell cuando Garth se disponía a salir para tomar el autobús de la escuela.

—Tiene pelaje, y además lo cubriré —le aseguró Garth.

Me dejó en la más completa oscuridad cuando tapó la jaula con una manta.

—¡Adiós, jamón! —gritó Andy.

—¡Adiós, Andy! —chillé.

Después de todo, *jamón* no es una de las cosas más horribles que pueden llamarlo a uno.

A continuación, oí el chirrido del autobús al frenar delante de la casa de los Tugwell.

—¡Todos a bordo! —dijo la señorita Victoria—. Tomen asiento.

—La jaula es muy grande. ¿Puedo sentarme aquí delante? —preguntó Garth.

—¿Es que acaso ves algún asiento vacío aquí delante? —contestó ella—. Anda, avanza.

Me sentía inquieto solo de pensar en Bean. Mientras

Garth caminaba hacia la parte de atrás del autobús buscando un asiento vacío, mi jaula se mecía de un lado a otro como un barco que se mueve en un mar picado, lo cual no era nada bueno para mi estómago.

Una vez que nos sentamos, el autobús se puso en marcha nuevamente. A la siguiente cuadra, el autobús paró repentinamente, y me deslicé a todo lo largo del piso de mi jaula. ¡Ay!

—¡Todos a bordo! —le oí decir a la señorita Victoria—. Busca un asiento A. J.

A. J. caminó hasta nuestro asiento.

—Muévete —le dijo a Garth.

—Tengo que sentarme en el pasillo, si no la jaula no cabe.

A. J. cruzó por encima de Garth y se sentó al lado de la ventanilla. En ese momento, se agachó y susurró:

—Te dije que estaría aquí. Siempre está aquí.

Al arrancar el autobús, la manta se movió lo suficiente como para poder ver un poquito. Y lo que vi fue realmente desagradable: Marty Bean estaba sentado al otro lado del pasillo.

—Oye, Garth, ¿por casualidad alguien vomitó en tu cara?

Pude ver su risa burlona cuando se inclinó a unas pulgadas de mi jaula.

—¿Es eso una jaula o tu bolso? —preguntó Bean.

Se rio de su propio chiste, que ni siquiera era divertido.

Es posible que fuera hiciera frío, pero dentro yo sentía calor. Og no era amistoso, pero Bean era peor. No había pensado en Og durante todo el fin de semana. Y ahora, de pronto, me venía a la mente: su piel verdosa, su sonrisa burlona y de la forma que había saltado para asustarme. Lo había soportado porque era una rana, pero no se lo iba a tolerar a este grandullón.

¡Era el momento de actuar!

Rápidamente abrí la cerradura-que-no-cierra y respiré profundamente antes de saltar a la pierna de Marty Bean.

—¡Basta ya de ser tan cruel! —le grité a todo pulmón. Sonaría como un chillido, pero le dejé saber exactamente lo que yo pensaba.

—¡Ay! —gritó Marty—. ¡Un ratón! ¡Encima de mí!

Agitaba las manos en alto y gritaba mientras yo corría a todo lo largo de su pierna.

—¡Socorro! ¡Ayúdenme!

Los rostros a mi alrededor se veían borrosos, y comencé a sentirme un poco mareado. Marty no dejaba de gritar, y los otros chicos comenzaron a reírse, al principio, bajito, hasta terminar en sonoras carcajadas.

—Pero si es solo un pequeño hámster —oí que Garth le decía mientras me tomaba entre sus manos—. Él no le haría daño ni a una mosca.

Me encantaba que se dirigiera a mí como *él* y no como algo indefinido.

—¡Trató de morderme! —gritó Marty.

Todos en el autobús, incluyendo a Beth y sus compañeras de primer grado, se echaron a reír.

—¿Qué pasa ahí atrás, Marty? —preguntó la señorita Victoria frenando de golpe.

—¡Me lanzaron una rata enorme! —dijo casi a punto de llorar—. ¡Una rata gigante!

—Creo que es mejor que vengas y te sientes aquí adelante, detrás de mí —dijo ella—. ¡Ahora!

Hizo que las niñas que ocupaban ese asiento se movieran, y Marty caminó arrastrando los pies hasta llegar adonde le indicaba la señorita Victoria.

Garth me puso de vuelta en mi jaula.

—Gracias, Humphrey —me susurró bajito—. No sé cómo te escapaste, pero estoy muy contento de que lo hicieras...

—Siempre encantado de ayudar a un amigo —chillé.

El resto del trayecto transcurrió sin más incidentes. Cuando la señorita Victoria detuvo el autobús delante de la escuela, anunció:

—Este ha sido el recorrido más tranquilo que jamás hemos hecho. De ahora en adelante, Martin Bean, te voy a asignar el asiento delantero. Permanentemente.

Marty no argumentó nada. Estaba demasiado ansioso por bajarse del autobús. Posiblemente podía oír a sus espaldas a todo el mundo, incluyéndome a mí, que gritaba *¡hurra!*

«Ningún enemigo puede igualar a un amigo».

Jonathan Swift, *autor irlandés*

Vamos a rimar

Me sentía orgulloso de mí mismo después del viaje en autobús. Ya de regreso al Aula 26, miré en dirección a mi vecino, el de los ojos saltones.

—Buen día, Og —chillé con la esperanza de que después de un largo y solitario fin de semana estuviera de mejor humor. Respondió a mi saludo con un silencio total y una sonrisa sombría.

O a lo mejor es que no podía verme porque había un trozo de papel blanco pegado al cristal de su tanque.

Y algo relacionado con la nota debía ser muy divertido, porque todos mis compañeros se reían. A carcajadas.

—¿Se puede saber cuál es el motivo de la risa? —preguntó la señora Brisbanc.

—¡Og! —dijo Gail.

Se reía tanto que tuve miedo de que le fuera a dar hipo otra vez.

La señora Brisbane arrancó el papel del tanque y lo leyó en voz alta: «¡Socorro! Soy un príncipe al que convirtieron en rana. ¡Bésenme pronto!».

Alguien hizo un ruido como de un beso sonoro, ¡MUA!, y todos se echaron a reír con más fuerza.

La señora Brisbane levantó la vista del papel y dijo:

—Oí-Eso-Kirk. ¿Acaso te ofreces a besar a Og?

Me pareció algo asqueroso, pero todo el mundo se rio.

—Creo que debe besarlo una chica —dijo Kirk.

—Gracias por el chiste del día —dijo la señora Brisbane mientras doblaba el papel—. No-Te-Rías-Gail. Ahora, todos tranquilos y a trabajar. Estoy ansiosa por escuchar los poemas que han escrito, pero antes vamos a hacer el examen de ortografía. Por favor, saquen papel y lápiz.

¡Caramba! Había pensado en varias cosas durante el fin de semana menos en la prueba de ortografía. La señora Brisbane y mis compañeros no saben que yo me escabullo a mi aposento con mi cuaderno y mi lápiz, y también hago el examen. Todavía no había recibido un 100 como Sayeh, pero tenía esperanzas de lograrlo algún día.

Seguro que hoy no sería ese día.

Acerté *práctica*, *joya* y *libra*, pero fallé *alojamiento*. ¿En realidad pensaba la señora Brisbane que alguien que no fuera Sayeh iba a saber deletrear esa palabra? ¿De dónde sacó una palabra con tantas letras?

Ahora ya estábamos listos para los poemas.

—Kirk, como parece que hoy quieres ser el centro de atención, puedes comenzar tú —dijo la señora Brisbane.

Kirk se levantó de pronto y dijo:

—Necesito escribirlo en la pizarra.

La señora Brisbane le dio permiso. Cuando hubo terminado, lo leyó en voz alta.

48

—Se titula *Rana*. Aquí va:

> **R**uidosa
> **A**ceitosa
> **N**erviosa
> **A**sombrosa
> Así son las ranas.
> Y *Og hace ¡boing! todas las mañanas.*

La señora Brisbane asintió con la cabeza y sonrió:

—Bien hecho, Kirk. Muy ingenioso. A ver qué opina el resto de la clase.

—¿Ahí dice *aceitosa*? —preguntó Repite-Eso-Por-Favor-Richie—. Las ranas no son aceitosas.

—A mí me parece aceitosa —contestó Kirk arrugando la nariz—. Además, necesitaba la *A* para deletrear la palabra *rana*.

La señora Brisbane le pidió a la clase que ayudara a Kirk a buscar otra palabra con la letra *A*. Y decidí entrar en acción:

—¡*Antipática*! ¡*Aborrecible*! —chillé. Quería agregar *odiosa*, pero no empezaba con *A*.

Nadie parecía escucharme. A veces deseaba tener un vozarrón como A. J.

—¿*Hábil*? —sugirió Seth poniéndose de pie repentinamente.

—Siéntate-Quieto-Seth. Es una buena sugerencia, pero *hábil* comienza por *h*, una letra muda.

La señora Brisbane escribió la palabra en la pizarra. ¡Conque hache muda! Tendré que estar más al tanto.

—¿Y *apática*? —sugirió Art.

Algunos estudiantes asintieron con la cabeza, pero nadie lo hizo con más convicción que yo.

—Kirk, ¿qué opinas? —le preguntó la maestra.

—Quizás *antisocial* sería mejor —dijo Kirk sonriendo.

A todos les pareció bien su respuesta, y yo no lo iba a contradecir.

Miré en dirección a Og para ver si reaccionaba de alguna manera.

—¡Boing! —gritó.

Todos se echaron a reír, incluso la señora Brisbane.

—¡Og, a veces eres tan simpático...! —comentó ella.

Antisocial, sí; simpático, no. En mi humilde opinión.

Heidi levantó la mano para decir algo:

—¿Se han fijado que Og nunca dice *croa-croa*? Dice *¡boing!*

—Boing o croa, qué más da —dijo Kirk.

—Basta ya —dijo la señora Brisbane—. ¿Algún otro voluntario?

Esta vez Heidi no se olvidó de levantar la mano. Se puso de pie y leyó su poema:

Me encontré una ranita
y le pregunté: «¿Estás bien?
Mi nombre es Saltarín.
¿Ese es tu nombre también?».
Él croó: «El mío es Brinquito.
Es lo que hago todo el tiempo».

50

Y cuando quise agarrarlo,
se escapó. ¡Qué contratiempo!

—Bien hecho, Heidi —dijo la señora Brisbane—. ¿Alguien más?

Nadie levantó la mano.

—¿Y tú, Tabitha? —preguntó la maestra—. ¿Qué escribiste?

Tabitha parecía ASUSTADA-ASUSTADA-ASUSTADA.

—No tengas miedo. No comemos a nadie, ¿verdad, chicos? —dijo la señora Brisbane sonriendo amablemente.

La mayoría de los estudiantes sonrieron y asintieron con la cabeza. Kirk rugió como un león para hacerse el simpático, pero no estoy seguro de que Tabitha se diera cuenta.

Despacio, se puso de pie y tomó el papel en sus manos. Con voz suave, leyó su poema de corrido, como si fuese una sola frase:

La-gente-piensa-que-los-osos-son espantosos-pero-es-que-nunca-han-conocido-a-Smiley-mi-amigo-afectuoso. No-se-queja-no se-enoja. No-me-importa-lo-que-digan-porque-de-no-ser-por-él-yo-siempre-estaría-sola.

Tabitha se sentó rápidamente y fijó la vista en su pupitre.

—Gracias, Tabitha. Es un poema muy bonito sobre tu oso y me gustó la rima —dijo la señora Brisbane.

Vi cómo Tabitha metía la mano en el bolsillo y acariciaba su osito de peluche.

51

También vi cuando Mandy miró en dirección a Heidi y puso los ojos en blanco. Incluso pude leer sus labios cuando calladamente dijo «bebé».

—¿Algún otro voluntario? —preguntó la maestra—. ¿Garth?

Garth se puso de pie y leyó su poema:

> *Las rosas son rojas.*
> *Las ranas verdes son.*
> *Og para la clase*
> *es una diversión.*

—Ya —dijo doblando el papel.

La señora Brisbane le recordó que los poemas debían ser de por lo menos seis líneas, y el suyo solo tenía cuatro.

Yo, por mi parte, me quedé sorprendido.

—¿*Og una diversión*? ¿Qué poema era ese? Después de haberlo ayudado a él y a A. J. contra el acosador de Bean, ¿cómo pudo Garth escribir algo así?

No hubo más tiempo para leer otros poemas porque sonó el timbre del recreo y mis compañeros fueron corriendo en busca de sus abrigos y guantes.

Tabitha esperó hasta asegurarse de que nadie la observaba, y con disimulo guardó el osito en su bolsillo. Sayeh también se quedó atrás y se acercó a ella.

—Me gustó mucho tu poema. ¿Tu osito se llama Smiley? —preguntó

Tabitha asintió, pero no dijo nada. Ella no sabía lo

tímida que era Sayeh ni lo difícil que era para ella tomar la iniciativa de acercarse a hablar. Pero yo sí lo sabía.

—Es simpático tu osito —dijo Sayeh—. ¿Vas a salir al recreo?

Tabitha asintió nuevamente. Sayeh esperó, pero al ver que Tabitha no se movía, le dijo:

—Te veo afuera. —Y se fue apresurada en dirección al guardarropa, con la cabeza baja, un poco avergonzada.

Tengo que admitir que Habla-Más-Alto-Sayeh es alguien muy especial para mí. Ver cómo la trataba Tabitha me hizo sentir ENOJADO-ENOJADO-ENOJADO.

La niña nueva esperó a que todos se fueran antes de levantarse a buscar su abrigo.

～·～

Más tarde, cuando todos los alumnos ya se habían ido a sus casas, llegó la señorita Loomis lista para enfrentarse al frío con abrigo, sombrero y guantes.

—Hola, Sue. Cuando quieras podemos irnos.

Y acercándose al tanque de Og, dijo:

—¿Y qué tal le va a tu alumno estrella?

—Muy bien. Parece que él y Humphrey se llevan bien. Por lo menos no se molestan —dijo la señora Brisbane.

¿No se molestan? Yo sí que me molesté cuando Og se abalanzó sobre mí.

La señora Brisbane se puso el abrigo y dijo:

—Tomemos un café de camino a casa para calentarnos.

—Me parece bien —contestó la señorita Loomis—. Te agradezco mucho que me acerques a casa.

—¿Y para qué están los amigos? —preguntó la señora Brisbane.

Cuando se fueron, me sentí tan gris como el color del cielo. Dar vueltas en mi rueda calentó mi piel, pero no la frialdad que sentía dentro de mí. ¿Para qué están los amigos? Para divertirse, conversar, ayudarse y compartir. ¿Cierto?

—¡Oye, Og! —grité buscándolo con la mirada por entre los barrotes de mi jaula—. Espero que prestes atención a lo que pasa aquí, en el Aula 26.

Aguardé unos segundos para darle tiempo a que contestara, pero, por supuesto, no lo hizo.

—Espero que te hayas dado cuenta de la amistad que hay entre los compañeros de la clase. Como Garth y A. J., que siempre andan juntos. Y Heidi y Gail, todo el rato riéndose sin parar. Sayeh y Miranda son muy buenas amigas. Y Art y Richie, también. ¿No sería estupendo tener amigos así?

En realidad, no esperaba una respuesta, pero esta vez sí que oí salpicar: splash-splash-splash. Por lo menos supe que Og estaba vivo. Incluso, a lo mejor, me había escuchado, así que continué:

—Aunque no podamos comunicarnos el uno con el otro, podríamos, no sé, hacer competiciones de saltos. —De pronto, se me ocurrieron un montón de ideas—: Podríamos cantar juntos, hacernos muecas. A lo mejor podrías enseñarme a decir *¡boing!*

—¡Boing!

Casi me desmayo. ¿Era eso una respuesta?

—¡Boing! —dije yo, aunque no soné como una rana—. ¡Boing, Og!

—¡Boing-boing! —dijo Og.

—¡Sí! ¡Boing! —contesté.

Mi corazón latía muy fuerte. ¿Es posible que estuviéramos manteniendo una conversación?

—¿Qué pasa, Og? —continué diciendo.

Esperé, pero no hubo respuesta.

—¿Og? —llamé—. ¡Og, contéstame!

Silencio. ¡Qué rana tan frustrante! Lo intenté de nuevo, pero ya no se oyó otro boing. Ni siquiera una salpicadura. El cuarto estaba tan silencioso como una tumba. Y no hay silencio más absoluto que ese.

De alguna manera, era peor pensar que Og había tratado de comunicarse conmigo y se había dado por vencido. Si Sayeh había aprendido una nueva lengua cuando llegó a este país, quizá Og y yo pudiéramos llegar a entendernos. Subí a mi rueda y comencé a dar vueltas. Di vueltas hasta que empezó a anochecer.

Al fin, la puerta se abrió de repente y se encendieron las luces.

—¡Llegué! —anunció Aldo saludando con la escoba—. No, aplausos, no, por favor.

—¡HOLA-HOLA-HOLA! —grité. Nunca en mi vida había estado más contento de ver a alguien.

Aldo vino hacia mi jaula frotándose los brazos.

—Huy, qué frío hace aquí. Bajan el termostato por la noche para ahorrar dinero, pero afuera hace mucho frío. Y esto aquí está congelado —dijo Aldo.

Se volvió hacia el tanque de Og:

—Og, ¿qué tal te trata la vida?

Como Og no le contestó, volvió a centrar su atención en mí.

—Parece que es de los que prefieren guardar silencio. Oye, Humph, querido amigo, he estado pensando en la idea de conseguir un trabajo mejor. Maria piensa que debo regresar al colegio.

Traté de imaginarme a Aldo sentado todo el día en un pequeño pupitre con Miranda, Richie y Seth. No creía que le cupieran las piernas.

—Puedo ir al colegio universitario durante el día y trabajar de noche.

¡Colegio universitario! Espero que allí tuvieran unas sillas más grandes.

Aldo acercó una silla, así que prácticamente nuestros bigotes se rozaban.

—Fui a un colegio universitario durante un año, pero cuando mi papá falleció, tuve que dejar mis estudios porque tenía que ganar dinero. Siempre pensé en regresar para terminar, pero nunca lo hice.

—Nunca es tarde para hacerlo —chillé.

—Ya no soy joven —dijo moviendo la cabeza y sacando algo de un bolsillo—. Maria me consiguió esta solicitud para el colegio universitario de la ciudad, pero no sé.

¡Colegio universitario! ¡Ahí es donde estudia Nathalie, la niñera! ¡Ella dijo que allí va la gente para ser doctores, abogados y maestros! Es donde se estudian cosas como Psicología para poder conseguir buenos empleos.

—¡ADELANTE-ADELANTE-ADELANTE! —dije saltando de arriba abajo.

—Maria dice que soy inteligente —continuó Aldo—, pero no sé si puedo con tanto estudio.

—Suspiró y se levantó de la silla—. Bueno, será mejor que limpie este salón o me quedaré sin trabajo —dijo guardando la solicitud en su bolsillo—. Pero, primero, voy a subir el termostato.

El bueno de Aldo. Tan considerado e inteligente también. Espero que su esposa pueda convencerlo de que regrese al colegio.

Estaba seguro de que yo solo no podría, y de que Og no sería de ninguna ayuda.

«Una de las más bellas cualidades de la verdadera amistad es entender y ser entendido».

Séneca, *dramaturgo romano*

Abby, la malhumorada

A la mañana siguiente, Kirk salió presuroso del guardarropa y pegó una hoja de papel blanco en mi jaula
que no me dejaba ver bien a Og, lo cual no era tan malo
después de todo.

Una vez que todos los estudiantes tomaron asiento,
comenzaron a reírse y a señalar, empezando por Gail,
claro. La señora Brisbane parecía confusa hasta que miró
en dirección a mi jaula. El papel decía: «¡SOCORRO!
¡SOY PRISIONERO DEL AULA 26!».

—¿Quién es el responsable de esto, como si yo no lo
supiera? —comentó ella.

Kirk se puso de pie e hizo una reverencia mientras
todos aplaudían. Me uní al resto, a pesar de que yo sabía
que nunca podría ser prisionero con mi cerradura-que-no
cierra.

—Por favor, siéntense todos —dijo la señora Brisbane—.
Y volvamos a la poesía.

Alguien hizo un sonido, muy, muy, feo, que no le
hizo ninguna gracia a la señora Brisbane.

—Oí-Eso-Kirk. Y no quiero volver a oírlo nunca más.

Durante el resto de la semana, escuchamos muchos

poemas de animales. La mayoría de ranas. Uno era sobre un perro (el de Miranda). Sayeh escribió un poema acerca de un hermoso pájaro llamado paloma. (*Paloma* rima con *aroma*).

Nadie escribió sobre los hámsteres.

Aldo no volvió a mencionar el colegio universitario. Y Tabitha todavía no hablaba con nadie, excepto con Smiley.

Se acercaba el fin de semana y me entusiasmaba la idea de un cambio de ambiente: un paraíso relajante en el acogedor hogar de uno de mis compañeros de clase, con buena calefacción y sin ranas.

～·～

El viernes, la señora Brisbane dijo:

—No recuerdo quién me pidió permiso para llevarse a Humphrey este fin de semana.

La mano de Miranda se alzó.

—¡Ah, sí! Recibí la nota de tu papá. No hay ningún inconveniente.

Solté un leve chillido, pero creo que nadie me oyó. Todo el mundo sabe que Miranda ocupa un lugar especial en mi corazoncito de hámster. Después de todo, su apellido es Golden, y yo soy un hámster dorado. Y los dos tenemos un precioso pelo dorado.

Pero he de ser honesto: tengo pánico a su perro Clem. Pude librarme de un terrible destino la última vez que estuve en su casa, pero ¿sería capaz de lograrlo otra vez?

¡Un momento! ¿Había dicho *su papá*? Chillé. La vez anterior, cuando estuve en casa de Miranda, solo estaba su mamá. Y el perro, por supuesto. Y Fanny, el pececito.

—Todo parece indicar que Humphrey está de acuerdo —dijo la señora Brisbane con una sonrisa.

Estuve pensando en eso toda la tarde. Efectivamente, al final del día, un hombre alto llamado señor Golden llegó para recoger a su hija. Al menos no viajaría en el autobús con Marty Bean, ¡eso era un alivio! Miranda, tan considerada como siempre, cubrió mi jaula con una manta. Ya listos para salir, la señora Brisbane agarró el tanque de Og.

—Pensé que usted había dicho que Og se quedaba aquí los fines de semana —dijo Miranda.

—Es una sorpresa para mi esposo —dijo la señora Brisbane sonriendo—. Disfruta mucho de la compañía de Humphrey, así que pensé que sería divertido tener a Og este fin de semana.

Me quedé HELADO-HELADO-HELADO, y todavía estábamos dentro. Consideraba a los Brisbane entre mis mejores amigos. ¿Pensaban acaso reemplazarme por una rana?

Una vez dentro del auto, dejé de pensar en los Brisbane. Mi mayor inquietud ahora era enfrentarme a Clem. Prácticamente podía ver su lengua babosa, su hocico chorreante, y la horrible halitosis que me esperaba en el apartamento de Miranda.

Qué sorpresa me llevé cuando el auto se detuvo delante de una casa, no de un edificio de apartamentos.

—Ya hemos llegado, Humphrey —anunció Miranda—.

Ya conoces la casa de mi mamá, pero este fin de semana nos vamos a quedar en casa de mi papá.

Una señora muy agradable a quien Miranda llamó Amy nos recibió en la puerta.

—¡Hola, cariño! —dijo el señor Golden besando a Amy en la mejilla—. Te presento a Humphrey, el hámster.

—¡Qué gracioso! —dijo Amy—. Lo pondremos en el cuarto de las niñas.

—¿No sería mejor en la sala o en la mesa del comedor? —preguntó Miranda.

—Allí estaría en el medio —dijo el señor Golden—. Mejor llevarlo a tu cuarto.

El cuarto de Miranda en el apartamento tenía una cama, un escritorio, un acuario con peces y estrellas en el techo. Su cuarto aquí tenía dos camas, una cómoda, un escritorio y no tenía estrellas. Todo en la habitación era rosado, desde las paredes hasta las colchas y la alfombra del piso. Una niña más o menos de la misma edad que Miranda estaba acostada en una de las camas leyendo una revista.

—¿Qué es ESO? —preguntó con una voz desagradable.

—Humphrey. Es el hámster de nuestra clase —explicó Miranda.

—En mi cuarto no se queda —dijo firmemente.

—Es el cuarto de Miranda también —dijo Amy, que en ese momento apareció en la puerta—. Pongan la jaula de Humphrey sobre el escritorio.

Miranda abrió la puerta de mi jaula para colocar bien mi escalera y la botella de agua, que se habían movido durante el viaje.

—Mamá, pero yo tengo que hacer mi tarea en el escritorio... —protestó Abby incorporándose en la cama.

Entendí que Amy era la mamá de Abby, pero ¿cómo entonces estaba casada con el papá de Miranda? Todo era un poco confuso.

—OK. Pongamos entonces la jaula en el piso —dijo Amy.

Oí a un bebé llorar en otro cuarto.

—Voy a ver qué quiere Ben —dijo Amy. El señor Golden la siguió, y Abby se levantó y cerró la puerta.

—Se queda en tu lado —le dijo Abby a Miranda—. Y no te olvides: tú en tu lado y yo en el mío. Ni se te ocurra cruzar esa línea.

Abby arrastró el pie en línea recta a todo lo largo de la mitad de la alfombra rosada:

—No cruces esta línea. ¡Nunca!

Miranda suspiró.

—Lo sé. Me lo repites todas las veces que vengo.

—A veces se te olvida. Y tampoco toques nada mío.

—Nunca lo hago —contestó Miranda.

—La última vez usaste mi pasador del pelo —dijo Abby.

—¡Fue una equivocación! ¡Es casi igual que el mío!

¡Qué bien que Miranda supiera defenderse ella sola!

—Yo no me quejé cuando tomaste prestado mi libro sin pedirme permiso.

Abby se acostó en la cama nuevamente y comenzó a hojear la revista.

—No cruces la línea. Eso es todo —murmuró.

Me subí a la rueda y comencé a dar vueltas. A veces, si me pongo a dar vueltas, la gente cambia de humor, pero obviamente con Abby no funcionaba. Se me quedó mirando fijamente:

—No me digas que hace ruido —dijo molesta—. ¿Puedes hacer que *eso* pare?

—No te refieras a Humphrey como *eso*. Es *él* —respondió Miranda.

¡Adoro a esta niña!

—Puedes irte a leer a la sala —sugirió Miranda.

—Yo estaba aquí primero —dijo Abby cerrando la revista de golpe y poniéndose de pie—. Me voy. Cualquier cosa con tal de estar lejos de ti.

Tan pronto se fue, Miranda se inclinó sobre mi jaula:

—Humphrey, tenía esperanzas de que le cayeras bien. Yo, desde luego, no le caigo nada bien. No es mi culpa que mi papá se haya casado con su mamá. No es mi culpa que ella tenga que compartir su cuarto conmigo cada dos fines de semana —dijo suspirando—. He tratado de ser su amiga, pero no sirve de nada. Es una hermanastra mala, como las de *Cenicienta*.

Miranda parecía TRISTE-TRISTE-TRISTE, así que subí a mi escalera y me colgué de una sola pata para hacerla reír.

Se sonrió, así que trepé a mi árbol y comencé a mecerme de rama en rama como Tarzán, el hombre que vi en la televisión. Eso hizo que se echara a reír.

Abby regresó al poco rato con una expresión amarga en su cara. Yo debí lucir igual el día que alguien del Aula 26 (todavía estoy tratando de averiguar quién) dejó una rodaja de limón en mi jaula.

—Mi mamá quiere que la ayudemos a preparar la cena. Tiene que darle de comer al bebé.

Y desapareció tan rápido como entró.

—Hasta pronto, Humphrey —me susurró Miranda—. Y no te olvides, ¡no cruces la línea!

En cuanto ella se fue, escrudiñé el cuarto, pero no pude ver la línea divisoria por ninguna parte. Todo lo que veía era un mar rosado. Era todo tan rosado que me sentí un poco mareado.

∿

Más tarde esa noche, mientras Miranda tomaba un baño, me quedé solo con Abby. Decidí intentar ser amistoso.

—Tienes un cuarto muy bonito —chillé amablemente.

Abby se volvió hacia mí y dijo:

—¿Chillaste algo? —preguntó moviendo la cabeza—. Esto es el colmo. Primero, tengo un cuarto para mí sola. Entonces mamá se casa con *él* y, de repente, tengo una hermanastra que me quita la mitad de mi cuarto, un nuevo hermano que no deja de llorar, ¡y ahora nadie sabe que yo existo! Se supone que debo sentirme feliz con todo esto, cuando ni siquiera fue *mi* idea. ¡Y ahora, encima, tengo que compartir mi cuarto con un cobayo!

En realidad, eso no es ningún insulto, porque los cobayos son adorables y simpáticos como yo, aunque no *tan* adorables. Yo tampoco estaba feliz de que Og se mudara al Aula 26, ¡y, por supuesto, tampoco había sido mi idea! Pero la diferencia era que Miranda es muy buena. Y Og..., bueno, mejor no hablar de Og.

Miranda regresó, y ambas niñas se acomodaron en sus respectivas camas.

—Buenas noches, Humphrey —me dijo Miranda.

Ni Miranda ni Abby se dirigieron la palabra.

Tenía una larga noche por delante y, como soy nocturno y duermo mucho durante el día, tenía bastante tiempo para pensar.

Lo que Abby me había dicho me hizo comprender por qué siempre se mostraba tan malhumorada con Miranda. Si hubiera estudiado Psicología como Nathalie, podría meterme dentro de su cabeza y buscar la manera de lograr que Miranda le cayese tan bien como me cae a mí.

⌣•⌣

A la mañana siguiente, Miranda limpiaba mi jaula mientras Abby descansaba en la cama y escribía en su diario.

—¿Qué haces? —le preguntó a Miranda.

—Le cambio la cama, le pongo agua fresca y le limpio su bacinilla.

Abby cerró su diario de golpe.

—¿Es que *eso* no sabe que tiene que ir al *cuarto de baño* que está ahí?

—¡Por supuesto!

Abby se levantó de la cama de un salto y señaló la puerta:

65

—Es lo más asqueroso que he visto en mi vida. ¡Sácalo de mi cuarto inmediatamente!

(He aprendido muchas cosas de los humanos, pero todavía no entiendo por qué arman tanto alboroto por mi bacinilla. En realidad, soy muy aseado).

Miranda no se inmutó:

—Lo siento, pero él está en mi parte del cuarto.

Yo estaba de parte de Miranda, pero, por otra parte, podía entender que Abby había tenido que adaptarse a muchos cambios en poco tiempo. No es fácil tener un nuevo compañero de cuarto. ¡Lo aprendí a la fuerza! Pero también sabía que Mirada es una buena amiga. Los amigos están para ayudarse mutuamente, así que decidí que era hora de tratar de arreglar la situación.

Se me ocurrió un plan. Un plan que utilizaba la psicología inversa. Como Miranda no conseguía caerle bien a Abby, mi plan haría que se aborrecieran más la una a la otra (si tal cosa era posible).

OK. A lo mejor no era el mejor de los planes, pero cuando Nathalie usó la psicología inversa, funcionó REALMENTE-REALMENTE-REALMENTE bien.

Tuve oportunidad de poner mi nuevo plan en acción un poco más tarde, cuando el señor Golden anunció que toda la familia iría al museo.

—¿Tenemos que ir *todos*? —preguntó Abby.

—Sí, vamos todos. Somos una familia, ¿sabes? —dijo su mamá.

Abby arrugó la nariz:

—¿El bebé también?

—Llevaremos el cochecito —dijo el papá de Miranda—. Seguro que lo pasará bien.

A pesar de sus protestas, Abby se unió al resto de la familia y tuve toda la casa para mí solo. Mi plan requería rapidez, fuerza, coraje y, sobre todo, tiempo. Valdría bien la pena... si llegaba a funcionar.

Una vez que me aseguré de que se habían marchado, abrí la cerradura-que-no-cierra y corrí hasta la cama de Abby. La había estado estudiando toda la mañana y pensé que si me sujetaba bien, podría subir por la colcha, una pata primero y otra después, como si subiera por una cuerda.

Cuando por fin llegué arriba, estaba sin aire. Sobre la cama se encontraba la pluma con rayas moradas y rosadas que Abby utilizaba para escribir en su diario. Le di un empujón, y rodó por la colcha hasta que llegó al suelo.

Después corrí hacia la mesita de noche de Abby. Sobre ella había una pulsera rosada con el nombre de ABBY grabado y con cuentas moradas y blancas. La empujé hasta que cayó al suelo también.

La segunda parte de mi misión era más divertida. ¡Me agarré del borde de la colcha y me deslicé ABAJO-ABAJO-ABAJO a toda velocidad!

Pero aún estaba lejos de completar mi plan. A continuación, subí por la colcha de Miranda hasta llegar arriba del todo para poder coger su anillo de oro con la piedra rosa. Lo empujé hacia el suelo, y también una cosa roja elástica que a veces utilizaba para estirarse y sujetarse el pelo hacia atrás. (¡De verdad no esperarán que un hámster sepa cómo se llama esa cosa!).

Ya había logrado la mitad de mi meta, pero faltaba la parte más difícil.

Toda la mañana me había fijado en una bola de cordel que estaba sobre el escritorio. Un pedazo del cordel colgaba casi hasta rozar el suelo. Lo agarré y lo halé con todas mis fuerzas. Más y más cordel se desenrolló y cayó al suelo. Roí un trozo con los dientes y me puse a trabajar.

Enrollé el cordel alrededor de la pluma y de la pulsera, y lo agarré con los dientes. Entonces me subí a la cama de Miranda otra vez. La señora Brisbane dice que hacer ejercicio es bueno, ¡pero esto era en realidad trabajo! Ya sobre la cama, tiré del cordel para subir la pluma y la pulsera. (¡Créanme, para un pequeño hámster estas dos cosas son muy pesadas!). Con cuidado las dejé sobre la almohada de Miranda, donde no pasarían desapercibidas.

Estaba muy cansado, pero no había tiempo que perder. Me deslicé hasta el suelo, enrollé el cordel alrededor del anillo de Miranda y de la cosa elástica del pelo, y los subí hasta la cama de Abby colocándolos sobre su almohada.

(Por suerte, esas dos cosas no eran tan pesadas como las otras).

Cuando regresaran, Miranda encontraría en su almohada las cosas de Abby, y Abby encontraría en la suya las cosas de Miranda.

Volví corriendo a mi acogedora jaula y cerré la puerta en cuanto entré. ¡Quería estar a salvo cuando comenzaran los fuegos artificiales!

«Los pequeños amigos pueden llegar a ser grandes amigos».

Esopo, *escritor de fábulas*

Noche de terror

—**D**espués de todo, LA COSA fue divertida —dijo—, especialmente cuando el bebé vomitó en el restaurante.

No creo que hablara conmigo, pero, de todas formas, le presté atención.

Un segundo después entró Miranda.

—Hola, Humphrey. ¿Me echaste de menos? —me preguntó agachándose para verme mejor.

—¡Claro! —chillé.

—Me imagino que entiendes lo que dice —dijo Abby con ironía.

—Pues sí —respondió Miranda—. Intenta decirme que me extrañó.

¡Bingo! Observé a Abby detenidamente mientras buscaba su diario y su pluma.

—¿Dónde está mi pluma? —preguntó.

Entonces miró su almohada y dijo:

—¿Qué hace esto aquí?

—¡Esa es mi liga del pelo! —dijo Miranda señalando hacia la cama de Abby—. ¡Y mi anillo!

Miranda se levantó de un salto, cruzó la línea imaginaria y tomó sus cosas.

—¡Cogiste mis cosas!

En ese momento Abby se fijó en lo que estaba sobre la almohada de Miranda:

—¡Y ahí está mi pluma! ¡Te la llevaste! ¡Y mi pulsera! —Agarró sus cosas y mirando fijamente a Miranda, le dijo—. ¡Siempre coges mis cosas!

—¡Y tú las *mías*! Yo nunca toco nada tuyo —insistió Miranda.

Nunca la había visto tan enojada.

La cara de Abby se puso roja.

—¿Para qué quiero yo esa basura de anillo o esa cosa para el pelo? ¡Tengo mi propio anillo y un montón de ligas para el pelo!

—¿Y para qué quiero yo esa pluma y una pulsera que lleva *tu* nombre? ¿Y cómo se me ocurriría dejarlas en mi almohada para que las encontraras? —preguntó Miranda.

—¡Porque eres mala y para fastidiarme!

—¡Yo no soy mala! —dijo Miranda—. ¿Y no te parece extraño que mis cosas estén en tu almohada y las tuyas en la mía?

Abby se quedó pensativa:

—Como si alguien lo hubiera planeado así.

—Como si alguien lo hubiera hecho a propósito —dijo Miranda.

De repente, hablaban en vez de discutir. Crucé mis patas. ¡Mi plan estaba funcionando!

Abby regresó a su cama y se sentó:

—¿Quién haría una cosa así? Mi mamá no lo haría. Ni tu papá tampoco.

Miranda se dejó caer en su cama:

—El bebé seguro que no fue —dijo soltando una risita.

—A lo mejor fue Humphrey —dijo Abby echándose a reír.

Yo solté una risa sofocada también.

—Esas cosas no volaron de una cama a la otra —dijo Miranda—. Alguien las dejó ahí a propósito.

—O quizá fue... ¡un fantasma! —dijo Abby.

Miranda palideció:

—Aquí no hay fantasmas, ¿verdad?

—No —dijo Abby—. Por lo menos que yo sepa.

—Los fantasmas no existen —insistió la juiciosa de Miranda tratando de convencerse a ella misma.

—NO-NO-NO, no hay fantasmas, excepto en los cuentos —chillé tratando de convencerme yo también.

—Lo sé —dijo Abby abriendo su diario y arrancando una página en blanco—. Voy a escribir los nombres de los posibles sospechosos. Número uno: Miranda.

—¡Yo no fui! —protestó Miranda.

—Solo estoy escribiendo los nombres de los sospechosos: Miranda, yo, mi mamá, tu papá, Ben, Humphrey. Somos los únicos en la casa, ¿no? A menos que haya entrado un ladrón.

El pelaje de la espalda se me erizó. ¡Los ladrones son muy peligrosos!

—Los ladrones rompen ventanas y roban cosas —señaló Miranda—. Las puertas estaban cerradas, las ventanas también, y aparentemente no robaron nada.

—Voy a anotar todo eso: ladrón, fantasma —dijo Abby mirando el papel fijamente—. ¿Jurarías que tú no lo hiciste?

—Claro —dijo Miranda.

—Y yo juraría que tampoco. Oye, espera un momento, ¡a lo mejor *fue* Humphrey!

Abby se levantó de un salto y caminó hasta mi jaula. Se inclinó y revisó la puerta:

—No. No pudo haber sido él porque la puerta tiene cerradura.

¡Qué alivio! La cerradura-que-no-cierra nunca falla. Engaña a todo el mundo.

—Lo único en la lista que tiene sentido es un fantasma —dijo Abby.

—Pero, en realidad, no tiene sentido —dijo Miranda.

—Tienes razón —dijo Abby.

Por primera vez las dos estaban de acuerdo en algo. ¡Eso ya era un progreso! Habían pasado de no caerse bien, a enojarse de VERDAD-VERDAD-VERDAD, hasta lograr mantener una conversación.

Después de un rato, las niñas salieron del cuarto para cenar. Esta vez lo hicieron juntas. Cuando regresaron más tarde, seguían juntas.

—Mi papá dice que no tiene sentido —dijo Miranda.

—Y mi mamá está de acuerdo —contestó Abby—. ¿Y, ahora, qué?

Las niñas se dejaron caer en sus respectivas camas.

—Ya sé —dijo Abby—. Quedémonos despiertas toda la noche.

—¿Para qué?

—Para ver si sale algún fantasma.

Sentí un escalofrío recorrerme la espalda. Sabía que yo había sido el que había movido las cosas. Y sabía que yo no era un fantasma. Pero, aun así, me estremecí pensando que algo ESPELUZNANTE-ESPELUZNANTE-ESPELUZNANTE pudiera aparecer.

❧

—Es hora de apagar las luces. —El señor Golden estaba de pie en la puerta del cuarto sonriendo—: Dulces sueños, para ti también, Humphrey.

—Gracias —chillé.

—¿Están bien tapadas? —preguntó Amy desde la puerta con Ben en sus brazos.

—Sí, mamá —dijo Abby arropándose más con la manta.

—Buenas noches —dijo Miranda cubriéndose también.

Las luces se apagaron, y el cuarto quedó OSCURO-OSCURO-OSCURO, excepto por una lucecita de noche en la pared que producía un reflejo rosado.

Las niñas estuvieron calladas durante un rato hasta que Abby susurró:

—¿Estás despierta?

—Sí —dijo Miranda bajito.

—¿Conoces alguna historia de miedo? —preguntó Abby.

Yo conocía varias. Como la de Clem, el perro que casi me come. O la vez que Aldo llegó al Aula 26 por primera vez, y pensé que *él* era un fantasma.

Miranda se quedó pensativa por unos segundos y dijo:

—Conozco una que contaban en el campamento de verano.

—Cuéntala, pero no muy alto —dijo Abby.

Miranda, la dulce Miranda Golden, contó una historia como para ponerte los pelos de punta sobre un autoestopista que en realidad era un fantasma. ¡La historia era más espeluznante que la de Clem!

—Muy buena —dijo Abby—. Yo me sé una también.

Su historia era aún peor. Era acerca de un grupo de niños que se retaron entre sí para ver si se atrevían a visitar solos un cementerio por la noche. Una niña fue, vio un rostro horrible y cayó muerta de terror. Pensando en el rostro macabro de Og, ¡casi me desmayo al escuchar esa historia!

—¿Abby? —susurró Miranda—. Quizá no deberíamos contar más historias de terror. Siento una sensación rara.

—Yo también —dijo Abby—. No más historias.

El resto de la noche transcurrió tranquila. Quizá demasiado tranquila para alguien nocturno como yo. Sin pensarlo, me subí a mi rueda para hacer un poco de ejercicio. Creo que la rueda necesitaba aceite, porque produjo un estremecedor chirrido.

Cuando se oyó el chirrido, las dos niñas gritaron: «¡AYYYYYY...!». A través de la lucecita rosada pude ver cómo saltaron de sus camas y se abrazaron la una a la otra.

La puerta se abrió de repente, y se encendieron las luces.

—¡AYYYYYY...! —gritaron las dos otra vez.

—Soy yo —dijo el señor Golden al entrar—. ¿Qué pasa?

Debió sorprenderse tanto como yo de verlas abrazadas, como si de ello dependieran sus vidas.

—¡Oímos un ruido terrible! —dijo Abby.

—¡Horrible! —dijo Miranda.

En ese momento supe que debía subir nuevamente a la rueda. ¡CRIIIISCH! ¡CRIIIISCH!

Todos los ojos se fijaron en mí.

—¿Se refieren a ese ruido? —preguntó el papá de Miranda señalando mi jaula.

—Sí, a ese mismo —chillé.

Ambas niñas se echaron a reír.

—Fue Humphrey —dijo Miranda.

—Pensé que había sido un fantasma —dijo Abby.

El señor Golden se echó a reír también:

—Creo que ese fantasma es totalmente inofensivo —dijo—. Y ahora, ¿sería posible que las dos o, mejor dicho, los tres durmieran un rato?

Las niñas accedieron, y él arropó a cada una.

—Me encanta verlas reírse, pero, por favor, no griten más —dijo mientras apagaba las luces.

Las niñas estuvieron calladas durante un rato, y yo decidí mantenerme alejado de mi rueda. Escuché a Abby susurrar:

—Miranda, ¿te importaría dormir en mi cama solo por esta noche?

Miranda se pasó a la cama de Abby.

—¿Conoces la historia del fantasma del ático? —susurró Abby.

—Cuéntala —dijo Miranda.

Y así lo hizo. No hubiese podido dormir esa noche, incluso sin ser nocturno.

～·～·～

El domingo por la mañana, ninguna de las dos mencionó nada sobre el anillo, la pulsera, la pluma o la liga del pelo. Pero tampoco mencionaron la línea imaginaria. Hicieron sus tareas en el escritorio, se trenzaron el pelo la una a la otra y construyeron un laberinto para que yo pudiera correr.

Y cuando se despidieron el lunes por la mañana, Miranda dijo:

—Te veo en dos semanas.

—Estupendo —contestó Abby.

«Todas las cosas de los amigos son comunes entre ellos».

Diógenes, *filósofo griego*

8

Animosidad

Regresé a la escuela con la satisfacción de haber logrado algo.

Pero cuando me puse a pensar dónde había pasado el fin de semana Og, me costó trabajo concentrarme en la geografía o las matemáticas. No podía evitar pensar en lo bien que Og lo habría pasado con los Brisbane. Miré en dirección al tanque de cristal para ver a mi vecino. Con esa horrible sonrisa parecía una calabaza iluminada de Halloween.

Hacía MUCHO-MUCHO-MUCHO frío afuera, lo que significaba que la calefacción estaba muy, muy alta, lo cual era bueno para un anfibio de sangre fría, pero yo deseaba poder quitarme mi abrigo de piel. De repente, el aire tibio despertó a los grillos, que comenzaron a cantar. Entonces, se oyó un chillido que no hice yo, sino Seth, al menearse en su silla; sonaba algo así como chirrín-chirrín-chirrín. El chillido hizo que Gail se echara a reír, y la señora Brisbane tuvo que mandarla callar. Esperaba ansioso la hora del recreo para tener un poco de paz y tranquilidad (sabiendo que Og no estaría interesado en charlar). Pero cuando llegó el momento, la señora Brisbane anunció que la clase no saldría afuera. Trajo todo tipo de cosas interesantes para jugar. Debo admitir que me hubiera gustado poder salir de mi jaula y jugar con el resto de la clase.

Art y Richie construían una torre alta con pequeños bloques, mientras que Kirk y Seth trataban de armar un rompecabezas. A. J. y Garth jugaban a colocar barajas boca abajo en la mesa. Heidi y Gail se dedicaban a mover pequeñas figuras de plástico sobre un tablero. Mandy, Sayeh y Miranda se acercaron a Tabitha para preguntarle si quería jugar con ellas, pero ni siquiera levantó la vista. Simplemente negó con la cabeza.

—No sé por qué tratamos de hacer amistad con ella —susurró Mandy a las otras niñas.

Sayeh suspiró con tristeza. Yo sabía cómo se sentía.

—Og, ¿puedes oírme? —chillé—. Quiero preguntarte algo.

Aunque yo no pudiera entenderlo, a lo mejor él sí podía entenderme a mí.

—¿Ves qué divertido es jugar con los amigos? Probablemente sonó como un chillido, pero por lo menos podría haberme respondido con un ¡boing!

Decidí chillar un poco más alto esta vez. No podía ni oírme con tantos gritos.

¿Gritos?

Miré a mi alrededor para ver quién hacía todo ese ruido. No era Baja-La-Voz-A. J. ni Repite-Eso-Por-Favor-Richie. Era Gail. Había dejado de reírse y ahora gritaba. Le gritaba a Heidi, su mejor amiga.

—¡Hiciste trampa! ¡Te vi! —gritó ella.

—No es verdad —contestó Heidi—. Yo nunca haría trampa.

—Seguro que hiciste trampa. Siempre ganas. ¡Nunca más vuelvo a jugar contigo, tramposa! —gritó Gail.

La señora Brisbane se acercó a ellas:

—¡Niñas, por favor!

—No hice trampa —insistió Heidi—. No soy una tramposa.

Gail se tapó las orejas:

—Sí la hiciste: ¡tramposa, tramposa, tramposa!

Todo el mundo en la clase dejó de jugar para mirar a las dos niñas. La señora Brisbane estaba de pie en medio de ambas.

—Niñas, por favor, cálmense y cállense.

Heidi y Gail se callaron, pero sus miradas lanzaban chispas.

—Gail, dime qué sucedió, con calma.

Gail se enjugó algunas lágrimas:

—Ella tenía que mover su figura cinco espacios y la movió seis espacios. Eso le dio ventaja y ganó. ¡Hizo trampa!

—¡No hice trampa! —gritó Heidi—. ¡Solo avancé cinco espacios!

La maestra levantó ambos brazos en alto:

—Basta. Es mejor que se calmen antes de continuar esta discusión. Como buenas amigas que son, vamos a resolver el problema.

—¡Ella ya no es mi amiga! —dijo Gail llorando cada vez más.

—¡Por suerte! —dijo Heidi—. ¡No te soporto! ¡Llorona!

—¡Tramposa!

La señora Brisbane movió la cabeza:

—Heidi, ve y ponte allí, cerca de Humphrey y de Og —dijo firmemente—. Gail, tú ve y siéntate en mi escritorio. Traten de calmarse.

Las niñas obedecieron. Creo que estaban contentas de alejarse la una de la otra. Heidi se recostó contra la mesa donde Og y yo tenemos nuestras casas.

—Llorona —dijo tan bajito que solo Og y yo la oímos.

Para mí era difícil creer que Heidi le hiciera trampa a su mejor amiga. También era difícil creer que Gail mintiera sobre Heidi. Los amigos son amigos para siempre, pensaba yo, pase lo que pase.

—Antes, no paraba de reírse. Ahora, no para de llorar —murmuró Heidi.

Desde el escritorio de la señora Brisbane, Gail le lanzó una mirada feroz a Heidi y se enjugó algunas lágrimas que le corrían por la cara.

Cuando estaba a punto de terminar el recreo, la señora Brisbane llevó a las dos niñas al pasillo para hablar del incidente. Al poco rato, ambas regresaron calladas y fueron directamente a sus asientos. Pero tan pronto como la señora Brisbane se viró de espaldas, vi cómo se sacaban la lengua mutuamente. A lo mejor la amistad no es tan sublime como uno piensa.

Nevaba cuando comenzó el recreo de la tarde, así que la señora Brisbane dividió la clase en cuatro grupos.

Cada grupo tenía que contestar preguntas. Tenían que decidir la respuesta en equipo. La señora Brisbane llevaba la puntuación.

Sabiamente puso a Heidi y a Gail en diferentes equipos para que no se pelearan o se hicieran muecas. Los dos equipos perdieron.

El equipo ganador fue el de Miranda, Kirk, Seth y Tabitha. Y, para mi sorpresa, ¡ganaron gracias a Tabitha!

La señora Brisbane hizo muchas preguntas sobre varios temas: flores, libros, poesía, deportes, animales (pero no de hámsteres, lamento decir) y países. Casi nadie sabía mucho de flores. Todos sabían mucho de animales. Sayeh fue la que mejor contestó las preguntas acerca de los países. (¿Puedes creer que hay un país cuya capital se llama Tegucigalpa? Tuve que escribir el nombre en mi cuaderno).

Tabitha fue la mejor contestando preguntas sobre deportes. Conocía los equipos de fútbol, las reglas del vóleibol y las estrellas del golf. Los varones estaban todos asombrados. Según avanzaba la competición, parecía que había más y más preguntas sobre deportes. Quizá era pura coincidencia, pero si la señora Brisbane estaba involucrada, casi siempre las cosas no sucedían por casualidad.

Cuando terminó el recreo de la tarde, el equipo de Tabitha tenía una puntuación de cuarenta. Y la puntuación habría sido más alta de no ser por el hecho de que Kirk dijo que El Discurso de Gettysburg había tenido lugar en Delaware, cuando en realidad fue en Pensilvania, perdiendo así dos puntos. Pero no importaba: el equipo que lo seguía solamente tenía un total de veintiocho puntos.

—¡Ganamos! —gritó Seth, el capitán del equipo—. ¡Bien hecho! —dijo chocando las manos con las de Tabitha, Miranda y Kirk.

—¡Tres hurras por Tabitha! —dijo Miranda.

—¡Hurra! ¡Hurra! ¡Hurra! —chillé saltando loco de alegría.

Nadie se había referido a ella como un bebé. Tabitha se veía feliz.

Lamentablemente, Heidi y Gail no parecían contentas. Es más, mientras todos tenían la atención puesta en Tabitha, vi a Gail mover sus labios y llamarle *tramposa* a Heidi. Heidi, por su parte, le sacó la lengua.

Era como para hacer llorar a un hámster adulto. Un hámster menos sensible que yo, claro.

❧

—Og, puede que no me entiendas, pero si pudieras, estoy seguro de que querrías que Heidi y Gail hicieran las paces. ¿Verdad? —le pregunté a mi vecino en cuanto se fueron todos a sus casas.

En realidad, no esperaba que me escuchara, solo pensaba en voz alta.

Me sorprendí cuando me contestó:

—¡BOING!

Og saltaba de arriba abajo, de arriba abajo, una y otra vez. No estaba seguro de si se había sentado sobre una chinche o si había comido algo que no le había caído bien.

—Og, ¿estás bien?

—¡BOING! ¡BOING! —dijo—. ¡BOING!

Di un salto para verlo mejor. ¡Estaba seguro de que pensaba igual que yo!

—¿Qué vamos a hacer entonces? —le pregunté—. ¿Cómo podemos ayudarlas?

Tan repentinamente como Og había comenzado, dejó de saltar y de hablar, y se sentó inmóvil como una roca, como era su costumbre. Me sentí desanimado y confundido a la vez. O no tenía ninguna idea o se había dado por vencido en tratar de que yo lo entendiera. Sentí que ambos habíamos fracasado.

Finalmente, hablé otra vez:

—Eran tan buenas amigas...

Og permaneció callado el resto de la noche.

<hr>

Horas más tarde, cuando Aldo llegó, todavía intentaba adivinar lo que «ojos saltones» había tratado de decirme. Era una rana un poco peculiar.

—Buenas noches, caballeros. ¿Les importa si me uno a la fiesta? —dijo Aldo encendiendo las luces y metiendo el carrito de la limpieza en el Aula 26.

—Sin ti no hay fiesta —contesté.

—Y hablando de fiestas, Richie va a tener una gran fiesta de cumpleaños muy pronto. (Repite-Eso-Por-Favor-Richie Rinaldi era el sobrino de Aldo). ¡Será algo espectacular!

Como nunca había estado en una, cualquier fiesta de cumpleaños me parecía interesante.

—Van a tener un espectáculo para los invitados. A propósito, ¿quieren ver mi nuevo número? —preguntó Aldo agarrando la escoba.

Aldo ya me había mostrado su talento balanceando la escoba en la punta de un dedo durante MUCHO-MUCHO-MUCHO tiempo. En otra ocasión la balanceó en la cabeza.

Esta vez inclinó la cabeza hacia atrás y balanceó la punta de la escoba en la barbilla, también por mucho tiempo. Cuando finalmente la escoba empezó a tambalearse, Aldo la agarró al tiempo que hacía una reverencia.

—¡Bravo, Aldo! —chillé tan alto como pude.

—Gracias, Humphrey. —Entonces, se volvió hacia Og y le dijo—: ¿Qué pasa, ranita? ¿No te gusta mi espectáculo?

—No es eso —susurré—. Él es así.

Aldo sacó la bolsa con su cena y acercó una silla a mi jaula.

—¡Bah! Es un número un poco tonto. La verdad, no sirvo para nada que valga la pena.

—¡No es cierto! —dije con firmeza.

Aldo sacó un sándwich de la bolsa y comenzó a comer.

—Humphrey, he estado pensando mucho. Me refiero a esto —dijo sacando un papel del bolsillo—. Esta es la solicitud para entrar en el colegio universitario de la ciudad. Si quiero ir allí, tengo que rellenarla. Escribí mi nombre y mi dirección. Cuando llegué a la parte donde preguntan sobre lo que quiero estudiar, me atasqué —me explicó—. Ya soy casi de mediana edad y todavía no sé lo que quiero ser cuando sea mayor.

Aldo dejó de comer su sándwich y se quedó absorto mirando la solicitud.

—No estoy seguro de para qué sirvo. Pensé en ser maestro, pero, no sé... ¿Le caeré bien a los niños? ¿Soy lo suficientemente inteligente como para ser un buen maestro?

—¡Sí! ¡Maestro! ¡Por favor! —insistí.

Por primera vez, Aldo parecía no escucharme.

—Además, quieren una carta de recomendación de alguien importante. Alguien que crea que soy capaz de triunfar —dijo Aldo.

—¡Yo la puedo escribir! —le dije. Pero no me prestó atención.

—Es que no estoy seguro... —dijo lanzando la bolsa vacía al carrito—. No creas que me olvidé de ti —me dijo dejando caer un trocito de zanahoria en mi jaula.

—¡Gracias! —chillé.

—De nada —contestó Aldo.

Por lo menos, *él* sí entendía muchas de las cosas que yo decía. Una cosa yo tenía muy clara: ¡tenía que actuar ya!

«Nunca ofendas a un amigo, ni siquiera de broma».

Cicerón, *escritor y orador romano*

Una maestra de oro

Cuando Aldo se marchó, noté algo extraño junto a mi jaula. Aldo siempre era cuidadoso recogiendo las cosas que no pertenecían al aula. Sin embargo, esta noche había dejado algo: su solicitud para entrar en el colegio universitario de la ciudad. Abrí la siempre fiable cerradura-que-no-cierra y me escurrí fuera de la jaula.

—No te preocupes, Oggy. Si tú no te metes conmigo, yo tampoco me meteré contigo —le aseguré. O a lo mejor trataba de convencerme a mí mismo de que él no me atacaría otra vez.

La solicitud era una hoja grande de papel doblada. La mitad estaba trabada debajo de mi jaula, y era difícil leer lo que Aldo había escrito. Si eres un pequeño hámster, la escritura de los humanos parece ENORME-ENORME-ENORME. La única luz que se proyectaba a través de la ventana era la de una farola de la calle. Fijé bien la vista y pude leer: ÁREAS ACADÉMICAS. En la línea correspondiente, Aldo había escrito «maestro», pero luego lo había tachado.

En la línea que decía RECOMENDACIÓN, no había puesto nada.

Estuve tentado de sacar mi lápiz y escribir una excelente recomendación, pero luego pensé que a un importante colegio universitario no le interesaría la opinión de un pequeño hámster, aunque fuese la mascota de una clase y supiera leer y escribir. No, Aldo necesitaba la recomendación de una persona con cierta posición y más importante que yo.

Sabía quién era esa persona. Y esperaba que ella quisiera ayudarlo.

Halé un poco más la solicitud y la coloqué entre mi jaula y el tanque de Og.

—Ni se te ocurra salpicar por este lado, Og —le advertí a mi vecino—. No queremos que nada le pase a este papel.

Og no salpicó en toda la noche. Quién sabe..., quizá me entendió a pesar de no tener orejas.

⌒•⌒

Estaba impaciente porque la señora Brisbane llegara a la mañana siguiente. Cuando llegó, le tomó mucho tiempo quitarse el abrigo y los guantes, y organizar su escritorio. Hasta que por fin caminó despacio y se acercó a mi jaula.

—Buenos días, Humphrey —dijo con una sonrisa—. Tienes suerte de no tener que salir con este tiempo tan frío. Puedes quedarte aquí en tu acogedora jaula.

¿Quedarme en mi jaula? Si ella supiera...

—Buenos días, Og —dijo volviéndose hacia él—. Como habrás oído en clase, los anfibios son animales de sangre fría, y eso significa que tenemos que mantenerte caliente.

88

Le sonrió y se dio la vuelta para irse.

—¡Espere! ¡No se vaya! —grité saltando de arriba abajo—. ¡Mire el papel!

Se viró y sonrió:

—¿Qué pasa, Humphrey? ¿Estás celoso de Og? —dijo acercándose un poco más—. Tú sabes que eres mi hámster preferido. No dejes que la envidia, ese monstruo de ojos verdes, se apodere de ti.

¿Qué de un... monstruo? Estaba a punto de esconderme en mi aposento cuando recordé que no existe tal cosa. La envidia es un sentimiento malo, como el monstruo de ojos verdes. ¿Era acaso esa la razón por la cual yo me sentía mal cada vez que todos le prestaban atención a Og? No estaba seguro. Después de todo, mis ojos son de color marrón, no verdes. Estaba pensando en todo esto cuando la señora Brisbane dio por terminada nuestra conversación.

¡Me había olvidado de algo REALMENTE-REALMENTE-REALMENTE importante!

—¡La solicitud! —grité.

Sabía que solo oiría un chillido, pero tenía que intentarlo.

La señora Brisbane regresó junto a mi jaula:

— Por favor, Humphrey, cálmate.

No me calmé, todo lo contrario. Empecé a chillar y a saltar una y otra vez porque no sabía qué otra cosa hacer..., excepto abrir la puerta de la jaula y entregarle la solicitud.

Pero no podía hacer eso, pues entonces ella descubriría lo de la cerradura-que-no-cierra.

—¿Qué es esto? —dijo la señora Brisbane. Agarró la solicitud (¡por fin!) y comenzó a leer.

—Aldo seguramente la dejó olvidada. La pondré en su casillero.

La dobló sin terminar de leerla.

—¡Dile algo, Og! Ayúdame... ¡Ayuda a Aldo! —Gritaba ahora más que chillaba, y para mi sorpresa, Og soltó un estrepitoso ¡BOING!, lo cual agradecí mucho.

—¿Qué les pasa? Es solo una solicitud, y es algo personal.

—¡BOING! ¡BOING!

—¡HIIIIC-HIIIIC-HIIIC!

Los dos continuamos haciendo ruidos. La señora Brisbane parecía confusa. Entonces, abrió la solicitud y comenzó a leer nuevamente. Por suerte, porque ya me estaba quedando ronco.

—Bueno, bueno. Aldo quiere volver a la escuela, y esta es una solicitud para entrar al colegio universitario. Es una magnífica idea, y parece que quiere estudiar... —Se detuvo un momento y se quedó pensativa—: Escribió «maestro», pero luego lo tachó. Me pregunto por qué.

—¡Pregúntele! —grité con la poca voz que me quedaba.

—Creo que llamaré a Aldo por teléfono —dijo la señora Brisbane.

—¡Buenos días, señora Brisbane! —alguien dijo en voz alta. Era Baja-La-Voz-A. J.

La señora Brisbane lo saludó, dobló el papel y se sentó en su escritorio. No volvió a mirar el papel en todo el día.

No había nada más que hacer por el momento; solo mantener mis patas firmemente cruzadas, y así lo hice.

∽

En algún momento de la tarde debí haberme quedado dormido, pero me despertó un ruido vagamente familiar: ¡cri-cri! Era el sonido de un grillo. Esta vez venía del centro del aula.

—Señora Brisbane —dijo una voz.

—¡Cri-cri!

—¿Qué pasa, Kirk? —dijo la maestra volviéndose a mirar a la clase. Había estado escribiendo un problema de matemáticas en la pizarra.

—Creo que se ha escapado un grillo —dijo Kirk señalando el piso junto a su pupitre.

—Bueno, por favor, recógelo —dijo la señora Brisbane.

—¡Cri-cri! ¡Cri-cri!

Kirk se agachó con las manos juntas sobre el suelo:

—¡Lo atrapé!

—Muy bien. Ahora, por favor, guárdalo en su lugar.

Kirk se sentó derecho en su silla con las manos en alto.

—No sé, señora Brisbane, creo que podría escaparse.

Todo el mundo dejó a un lado lo que estaba haciendo para mirar a Kirk mientras se levantaba y caminaba en dirección al armario donde se guardaban los grillos. Cuando pasó al lado de Heidi, de repente abrió las manos justo encima de su cabeza.

—¡Ay! Se me cayó. Perdona, Heidi.

Heidi se levantó de un salto y comenzó a dar brincos por toda la clase, sacudiendo la cabeza y pasándose las manos por el cabello.

—¡Socorro! ¡Quítenmelo de encima! ¡Quítenmelo! —gritaba.

Todo el mundo estaba muerto de risa. Todo el mundo excepto la señora Brisbane.

—Kirk Chen, busca ese grillo —le dijo en tono severo—. ¡Ahora mismo!

Kirk se sonrió:

—No hay tal grillo. Fui yo quien hizo el ruido.

Heidi dejó de saltar y lo miró con ojos relampagueantes.

—¿Lo oyen? ¡Cri-cri! ¡Cri-cri!

La verdad es que Kirk sonaba como un grillo.

—¡Caramba, Heidi salta más alto que cualquier grillo! —dijo Kirk.

Gail comenzó a reírse, y Heidi le lanzó una mirada fulminante. Gail se tapó la boca para contenerse.

La señora Brisbane caminó despacio hasta llegar junto a Kirk:

—Usted, amigo, se ha metido en un lío. Un buen lío —dijo ella—. No saldrás al recreo, y tú y yo tendremos una conversación.

Kirk regresó a su asiento mientras en la clase reinaba un silencio absoluto. Excepto por un sonoro ¡cri-cri!

Sin volverse a mirarlo, la señora Brisbane dijo:

—Oí-Eso-Kirk Chen.

No hubiese querido estar en los zapatos de Kirk a la hora del recreo. Tan pronto como los estudiantes salieron, la señora Brisbane fue a hablar con él. ¡Vaya si se había metido en un lío! Por eso me sorprendí cuando dijo:

—Tengo que confesarte algo: eres un chico muy simpático, Kirk. Me haces reír con frecuencia. Algún día estoy segura de que actuarás en una comedia, y te prometo que yo seré la primera de la cola para comprar una entrada.

Kirk parecía tan confuso como yo.

Pero... ¡Oh, oh! Aquí venía el punto clave.

—Hay un momento oportuno para hacerse el gracioso y una manera apropiada de hacerlo. Por otro lado, no todos los momentos son oportunos para hacerse el gracioso y no todas las bromas son apropiadas. Y es hora de que conozcas la diferencia.

Esperé un ¡cri-cri! o, al menos, que él dijera algo, pero Kirk no dijo nada.

—¿Por qué hiciste como si dejaras caer el grillo en la cabeza de Heidi? —le preguntó la señora Brisbane.

Kirk se encogió de hombros:

—Porque pensé que era algo gracioso.

—¿Y tú crees que Heidi también pensó que era gracioso?

Kirk negó con la cabeza.

—Creo que lo hiciste para llamar la atención, y si es así, ¡enhorabuena!

No estoy seguro, pero me pareció ver una sonrisa en el rostro de la señora Brisbane.

—A ver, dime, ¿por qué te gusta llamar la atención?

Kirk se encogió de hombros otra vez.

—¿Para caerle bien a todos? —preguntó la maestra.

—Quizá.

—Si es así, tengo buenas noticias para ti. No tienes que hacer ese tipo de bromas más. Tú caes bien a todo el mundo. Eres uno de los estudiantes más populares de la clase.

No estoy seguro, pero me pareció ver sonreír a Kirk también.

—Así que, la próxima vez que quieras hacerte el gracioso, quiero que antes pienses dos cosas. Primero: ¿es realmente gracioso?, ¿lastimará a alguien esa broma? Segundo: ¿lo haces solo por llamar la atención? Me gustaría que reflexionaras sobre esto.

—Sí, señora —dijo Kirk.

—Porque si continúas comportándote de la manera en que lo has hecho hoy, me temo que tu próxima actuación será un monólogo humorístico en la oficina del director Morales. Y puede que a él no le parezca divertido.

Yo creo que el señor Morales tiene un buen sentido del humor, pero también sé que la señora Brisbane es muy buena en adivinar lo que piensa la gente. Apuesto a que ella estudió Psicología en la universidad.

Kirk se mantuvo callado durante el resto del día. Y también Og y los grillos.

Los estudiantes se fueron a sus casas, y la señora Brisbane se quedó más tiempo que de costumbre. Pronto descubrí la razón. Aldo vino al Aula 26 para hablar con ella.

—Señora Brisbane, le agradezco mucho su llamada —dijo él.

—Y yo le agradezco que haya llegado más temprano para que podamos hablar —dijo ella.

Era divertido verlos sentados en las sillitas de los estudiantes.

—Espero que me disculpe por haber leído la solicitud que dejó olvidada en la clase. En realidad, no era asunto mío —explicó ella.

A lo mejor, no, pero con una pequeña ayuda de Og, me aseguré de que *sí fuese* asunto de ella.

—Cuando vi que había escrito «maestro», pero que luego lo había tachado, pensé que quizá le gustaría hablar sobre ello.

—Sí, me gustaría —dijo Aldo.

Curiosamente, estaba más callado que de costumbre, y me imagino que también estaba un poco nervioso, porque no paraba de tocarse el cuello de la camisa.

—Creo que me gustaría ser maestro, pero en cierto modo me da un poco de... miedo.

La señora Brisbane escuchaba atentamente mientras Aldo le explicaba su temor de no ser lo suficientemente inteligente o de no estar capacitado para llegar a ser un buen maestro.

—Todos tenemos esas mismas dudas —dijo ella con una amable sonrisa—. ¿Por qué piensa que le gustaría enseñar?

Me sorprendió escuchar a Aldo decir lo mucho que le gustaban los libros, la ciencia, la historia, las matemáticas, aprender en general..., ¡y cuánto le gustaban los niños! (No mencionó a los hámsteres, pero yo sabía lo que sentía por mí).

Cuando terminó, la señora Brisbane se echó a reír:

—Aldo, mejor que se haga maestro o me voy a enojar con usted. ¡Pero si tiene alma de maestro!

—¿Cómo puedo saberlo con seguridad? —preguntó Aldo.

—¿Quiere probar? —preguntó la señora Brisbane.

—¿Probar a enseñar?

—Sí. Escogeremos un día para que venga a dar una clase. Puede elegir la asignatura que quiera. Podrá ver cómo se siente ante la clase y cómo reaccionan los estudiantes.

Aldo se puso de pie y comenzó a caminar por el aula:

—Es una magnífica oportunidad la que me brinda. No estoy seguro. Me encantaría. Quizá.

—Por favor, piénselo, háblelo con su esposa y déjeme saber —sugirió la señora Brisbane—. Pero tiene que decidirse pronto. Ha de entregar la solicitud en una semana.

—Lo haré, lo haré —dijo Aldo—. Si llegara a ser la mitad de buen maestro que es usted, me sentiría feliz.

La señora Brisbane sonrió:

—Gracias, Aldo, pero incluso después de tantos años, a veces tengo mis días malos.

Aldo le dio la mano por lo menos diez veces antes de marcharse.

La señora Brisbane recogió sus cosas, y cuando ya estaba lista para irse a casa, se volvió hacia Og y hacia mí:

—Chicos, espero que estén satisfechos —dijo ella.

No sé cómo se sentiría Og, pero, créanme, yo me sentía FELIZ-FELIZ-FELIZ.

No me sorprendió que la señora Brisbane quisiera ayudar a Aldo. Sucedió todo como yo lo había planeado. Pero al día siguiente recibí una sorpresa que nunca hubiese esperado.

Mis compañeros salían presurosos del Aula 26 para ir a almorzar. Por lo general, Siéntate-Quieto-Seth hubiese sido el primero en salir, pero hoy no se había apurado.

—¿Vienes? —le preguntó Kirk impaciente.

—Vete tú. Luego me encuentro contigo —dijo Seth.

Seth era el único estudiante que quedaba en el aula, con excepción de Tabitha. Trataba de meter a Smiley en su bolsillo cuando Seth se acercó a ella.

No me imaginaba lo que tenía en mente. Tabitha había ignorado a las compañeras que habían intentado hacer amistad con ella. Y Seth era un chico. Todo el mundo sabía que los niños y las niñas no son amigos. Por lo menos es lo que escuché decir a Art y a Richie.

—¿Cómo es que el otro día sabías las respuestas a todas las preguntas sobre deportes? —le preguntó.

Tabitha se encogió de hombros:

—No sé. Me gustan los deportes. Y retengo muchos datos sobre ellos.

—Yo también —contestó Seth—. ¿Qué deportes te gustan más?

Tabitha se quedó pensando antes de contestar:

—Baloncesto, béisbol, fútbol y tenis.

—A mí también —dijo Seth.

La señora Brisbane preguntó desde la puerta:

—¿Van a salir?

—Enseguida —dijo Seth, y volviéndose a Tabitha le dijo—: Oye, tengo que preguntarte algo: ¿por qué andas siempre con ese osito? ¿No eres muy mayor ya para eso?

Tabitha se encogió de hombros una vez más.

—Cuando yo era pequeño y estaba en primer grado, tenía un camioncito que llevaba siempre a la escuela. No podía separarme de él —dijo Seth.

—¿Todavía lo tienes? —le preguntó Tabitha.

—Sí. Está en mi clóset. A veces juego con él, pero no lo traigo a la escuela.

La señora Brisbane esperaba en la puerta. Pero ahora parecía no tener prisa por ir a almorzar.

—Mi mamá me lo dio —le explicó Tabitha—. Mi verdadera mamá. Hace cuatro años que no la veo.

—¡Ah! —dijo Seth—. Entiendo.

—Se les va a pasar la hora del almuerzo —les recordó la señora Brisbane.

—OK —dijo Seth.

Él salió presuroso del aula, pero Tabitha se quedó sentada. La señora Brisbane se le acercó.

—Tabitha, sé que has cambiado muchas veces de hogar. Tu mamá de acogida me ha dicho que has estado con cinco familias diferentes en cuatro años. Pero también me ha dicho que quiere que te quedes con ella para siempre —le dijo la maestra.

Tabitha acarició a Smiley:

—Todos dicen lo mismo, pero al final no es así.

La señora Brisbane se sentó en una silla al lado de Tabitha, y se quedaron mirándose frente a frente.

—No me importa que traigas a Smiley a clase. Pero creo que harías más amigos si lo dejaras en la casa. Estaría esperándote cuando regresaras de la escuela. Puedes hacer nuevos amigos sin olvidar los que tienes. ¿Conoces esta canción?

A decir verdad, la señora Brisbane me ha sorprendido muchas veces, pero casi me caigo de la escalera cuando comenzó a cantar.

Haz nuevos amigos, pero conserva los viejos.
Unos son plata, otros de oro son.

¡Qué canción tan bonita! Y qué linda voz la de la señora Brisbane. Se hizo un silencio hasta que Tabitha preguntó:

—¿De qué vale hacer amigos si al final no te vas a quedar?

—Una persona puede tener muchos amigos a lo largo de su vida. Aun si te marchas, un amigo puede ser para siempre. Por lo menos en tu recuerdo.

¡Oh, oh! Sentí una punzada en mi corazón. La señorita Mac fue la maestra que me trajo al Aula 26. Aunque se había ido lejos, sin mí, siempre sería mi amiga y siempre la llevaría en mi recuerdo. La señorita Mac era de oro puro.

—¡Escucha a la señora Brisbane! ¡Ella tiene razón! —chillé.

La señora Brisbane sonrió:

—Parece que Humphrey quiere ser tu amigo también. ¿Quieres llevártelo a casa este fin de semana?

—Tengo que preguntarle a mi mamá. Quiero decir, a mi mamá de acogida.

—Yo la llamaré ahora mismo, mientras almuerzas —dijo la maestra.

Tengo que admitir que la señora Brisbane es la MEJOR-MEJOR-MEJOR maestra del mundo y también una amiga de oro. A pesar de que permitió que Og se quedara en el aula y nos hiciera estudiar todo lo relacionado con las ranas.

«Querer las mismas cosas y no querer las mismas cosas, esa, en el fondo, es la verdadera amistad».

Salustio, *historiador y político romano*

Una prueba estresante

Esa noche, mientras Aldo barría el piso, no dejaba de hablar.

—Maria piensa que debo aceptar la oportunidad que me brinda la señora Brisbane. Pero ¡mmm...¡, no sé. ¿Puedes imaginarme de maestro?

—¡SÍ-SÍ-SÍ! —chillé.

—¿Qué podría yo enseñarles a esos niños? ¿Qué sé yo?

Aldo y yo pasábamos muchas noches conversando mientras cenábamos juntos. ¡Créanme, él sabe mucho! Sin embargo, nunca lo había visto actuar así. Esa noche, murmuraba mientras trapeaba el piso. Mascullaba mientras sacudía. Razonaba consigo mismo mientras comía su sándwich.

—¿Ciencias? ¿Matemáticas? ¿Historia? ¿Qué sería mejor? —se preguntaba.

—Cualquier cosa menos ranas —chillé. Y, para mi sorpresa, Og respondió con un ¡boing!

—Humphrey, estoy seguro de que han aprendido mucho de ti. Posiblemente les has enseñado más de lo que yo pudiera enseñarles —dijo Aldo.

Pero yo era muy humilde para responder *sí*.

Aldo buscó dentro de su bolsa de comida hasta encontrar un trocito de brócoli.

—Tengo aquí algo para ti —dijo. Lo examinó detenidamente y continuó—: Interesante, a mí me parece algo diminuto, pero estoy seguro de que a ti te parece ¡un árbol gigantesco!

Lo que me parecía era algo verdaderamente delicioso.

—Gracias —chillé.

Aldo se acercó más y me miró fijamente:

—Me imagino que tú ves las cosas de diferente manera —dijo alzando uno de sus dedos—. Por ejemplo, yo solo veo un dedo, pero seguro que tú ves todas las líneas rectas y curvas que hay en mi piel.

No tenía muy claro lo que Aldo trataba de decirme; de todas formas, chillé para indicarle que estaba de acuerdo con él.

Aldo tomó un sorbo de café de su termo:

—Desde luego, no hay dos personas que vean las cosas de la misma manera. Y cuanto más te fijas, más...

De repente, se levantó de un salto.

—¡Ya lo tengo, Humphrey! Es interesante, diferente. Como un microscopio. ¡Sí!

No tenía la menor idea de lo que decía, así que me concentré en mordisquear mi brócoli. (No entiendo cómo puede haber humanos a quienes no les guste algo tan delicioso).

Aldo agarró el carrito de la limpieza para irse.

—Siempre me das las mejores ideas, Humphrey. ¡Adiós!

Desapareció de mi vista, pero casi enseguida asomó la cabeza por la puerta:

—A ti también, Og. ¡No creas que me olvido de ti, amigo!

Conque Og era amigo de Aldo..., pero no quería ser mi amigo.

Creo que mi vecino o no entendía, o no le importaba, porque lo único que hizo fue salpicar.

∿•∿

La mamá de acogida de Tabitha dijo que sí, así que me pasaría el fin de semana en su casa. Pero me imaginé que Tabitha no me prestaría mucha atención, pues ella solo tenía ojos para Smiley, su oso.

Había muchos problemas en el Aula 26... Garth y A.J. estaban preocupados por Marty Bean. Heidi y Gail seguían ENOJADAS-ENOJADAS-ENOJADAS. Miranda y Abby habían hecho las paces, pero ¿duraría esa amistad sin mi ayuda? Pasé tanto tiempo pensando en estos problemas que me olvidé de los *otros* problemas del Aula 26.

Los problemas de matemáticas.

Había estado soñando (a veces dormido, a veces despierto) durante las clases de matemáticas casi toda la semana. Por eso, cuando la señora Brisbane comenzó a hacer un repaso para un importante examen de matemáticas, yo no tenía la menor idea de lo que ella decía.

Pero no era solo yo. La señora Brisbane le puso a la clase una prueba sin avisar, y adivinen qué: ¡la mitad de la clase suspendió!

—¡No es justo! —se quejó Mandy mientras el resto de la clase protestaba y gruñía.

Nuestra maestra no estaba nada contenta.

—Clase, la prueba no contará para la nota final, pero estos conceptos son importantes para lo que vamos a aprender el resto del año, y tienen que llegar a dominarlos. He preparado una guía de estudio para el examen de la próxima semana. Quiero que la estudien durante el fin de semana.

¡Ahora sí que se escucharon toda clase de protestas y gruñidos!

—Lo siento, clase, pero esto es tan importante para mí como para ustedes —dijo la señora Brisbane mientras repartía los papeles—. Escriban su nombre en la guía y tráiganla, terminada, el lunes.

—Yo suspendí, ¿y tú? —le susurró Seth a Tabitha.

—Casi —le contestó ella bajito.

—Es la hora del recreo —dijo la señora Brisbane—. Guarden las guías en su mochila ahora para que no se olviden luego.

Se oyó un crujido de papeles mientras mis compañeros las guardaban.

El segundero del reloj grande daba vueltas. TIC-TAC-TIC-TAC. Las guías de estudio me dieron una idea, pero no estaba seguro si tendría suficiente tiempo para llevarla a cabo.

Tan pronto sonó la campana, los estudiantes corrieron a ponerse sus abrigos para salir afuera. La señora Brisbane recogió algunos papeles de su escritorio y también salió de la clase. A veces pasaba el recreo en la sala destinada a los maestros. Por suerte, hoy era uno de esos días.

No había tiempo que perder. Abrí de un golpe la puerta de mi jaula.

—¡Og, no le digas a nadie lo que voy a hacer! —le advertí a mi vecino.

No era fácil llegar desde mi jaula hasta el suelo, pero me había vuelto un experto en la técnica. Primero, me deslicé por la pata lisa de la mesa. No fue difícil, pero quizá demasiado veloz para mi gusto. Para regresar, el reto era mayor. No podía ascender por la pata de la mesa, así que me sujetaría al cordón de las persianas y me columpiaría hasta alcanzar la mesa. Era una misión peligrosa que siempre me daba miedo. Pero tenía que correr el riesgo, porque mi trabajo era importante.

Una vez en el suelo, corrí hasta la silla de Seth. Su mochila estaba en el piso. Por suerte, la guía de estudio sobresalía del bolsillo de la mochila. Me valí de mis dientes y mis patas para sacarla y arrastrarla hasta el pupitre de Tabitha.

Poder colocar los papeles dentro del bolsillo de su mochila, que colgaba de su silla, suponía todo un reto. El bolsillo que buscaba estaba, por lo menos, a un pie del suelo, demasiado alto para un pequeño hámster como yo.

Por suerte, había un cordel largo que colgaba del zíper del bolsillo. Sosteniendo los papeles firmemente con mis dientes, me sujeté al cordel y me impulsé con fuerza.

—¡BOING! —Og trataba de decirme algo, pero ¿qué?

Justo entonces sonó la campana. Sonó más alto que de costumbre. ¡Así que eso era lo que Og había tratado de decirme! Había querido advertirme de que estaba en peligro de ser descubierto. Y también estaba en peligro de ser aplastado por enormes pies, ¡por lo menos comparados con los míos!

Dejé caer al suelo la guía de estudio y corrí apresuradamente hacia la mesa. Sin tiempo que perder, agarré el cordón de la persiana y comencé a columpiarme cada vez más alto.

—¡BOING! ¡BOING! —croó Og.

—¡Lo sé, lo sé! —chillé. Cuando vi el borde de la mesa, el estómago me dio un vuelco. Respiré profundamente y salté sobre ella.

La señora Brisbane abrió la puerta, y pude oír el estruendo de las pisadas de mis amigos corriendo hacia el guardarropa. Me deslicé a lo largo de la mesa. «Por favor, que no me vean. POR FAVOR-POR FAVOR-POR FAVOR», pensé mientras me metía en mi jaula, cerraba la puerta detrás de mí y me desplomaba sobre un montón de virutas de madera.

Contuve la respiración hasta saber si había sido descubierto. Entonces oí los pasos de la señora Brisbane aproximarse.

—¿Por qué se mueve el cordón de esa manera? —se preguntó en voz alta—. ¡Qué extraño!

Og comenzó a salpicar como nunca lo había hecho.

—¡BOING! —croó—. ¡BOING!

—Cálmate, Og —dijo la señora Brisbane—. ¿Acaso tienes hambre? —Le pidió a Art que le diera de comer unos pocos de esos insectos que le encantaban.

Og había conseguido distraer la atención de la señora Brisbane para que se olvidara del cordón. Por primera vez estaba seguro de que Og me hablaba, incluso me ayudaba. A lo mejor era más amistoso de lo que yo pensaba. Me había ayudado a regresar a mi jaula a salvo, aunque mi misión había fracasado.

Una vez que los latidos de mi corazón se normalizaron, chillé un *gracias* bien sonoro a Og y miré hacia el pupitre de Tabitha. La guía de estudio de Seth todavía estaba en el suelo junto a la mochila de ella.

Durante el resto de la tarde, la señora Brisbane habló de algo que llamaban *verbos auxiliares*. Cuando ya casi era hora de que sonara la campana, le recordó a la clase que no se olvidaran de las guías de estudio de matemáticas.

—Tabitha, la tuya está en el piso. Por favor, guárdala en tu mochila.

—¡Sí! —chillé alto. ¡Demasiado bueno para ser cierto!

En eso sonó la campana. Seth recogió su mochila y fue en dirección al guardarropa.

Tabitha ni siquiera se molestó en mirar los papeles. Simplemente los guardó en el bolsillo de su mochila. ¡Hurra! También guardó a Smiley en su mochila al tiempo que los estudiantes salían presurosos de la clase.

Al poco rato, la mamá de Tabitha, quiero decir, su mamá de acogida vino a buscarnos.

Cuando miré en dirección a Og, parecía un poco tristón. A lo mejor él también quería ir a casa de nuestros compañeros los fines de semana. A lo mejor Og sentía celos de mí. Me sentí mal al pensar en el monstruo de ojos verdes.

De repente, me sentí TRISTE-TRISTE-TRISTE por dejar a Og solo durante todo el fin de semana.

«Un amigo es lo que el corazón necesita todo el tiempo».

Henry Van Dyke, *clérigo, educador y escritor estadounidense*

Compañeros de estudio

La mamá de Tabitha parecía como cualquier otra mamá, aunque Tabitha me explicó que ella no era su verdadera mamá. Tabitha la llamaba Carol.

—Estoy muy contenta de que Humphrey pase el fin de semana en casa —dijo Carol sonriendo de una manera que reflejaba que sus palabras eran sinceras—. Vas a tener que enseñarme cómo cuidar a Humphrey. Yo nunca he tenido un hámster.

Me gustaba su entusiasmo:

—¡Es muy fácil! —chillé.

—Creo que Humphrey trata de decirnos algo —dijo Carol.

¡Qué señora tan inteligente!

Carol colocó mi jaula sobre la mesa y comenzó a preparar chocolate caliente.

—¿Qué tal te fue el día? —preguntó ella.

Tabitha se encogió de hombros:

—Como todos los días —fue su respuesta.

¡Si ella tan solo supiera!

Abrió su mochila y sacó unos papeles:

—Tengo tarea de matemáticas.

—Cariño, estos papeles no son tuyos, pertenecen a alguien llamado Seth Stevenson —dijo al examinarlos mejor.

Tabitha volvió a mirar la guía de estudio:

—Seguramente él se quedó con mi guía y yo con la suya. —Buscó en su mochila hasta que encontró otra—: Esta es la mía —dijo enseñándole a Carol la guía con su nombre.

—¿Es algo importante? —preguntó Carol.

—Muy importante —dijo Tabitha.

—MUY-MUY-MUY. —No me pude aguantar chillarlo.

—Entonces seguro que él necesita estos papeles. Será mejor llamarlo —dijo Carol.

Parecía que todo marchaba de acuerdo a mi plan, pero con los humanos nunca se sabe.

∽⁀∾

A la mañana siguiente llegó Seth con su mamá.

—Muchas gracias por haber llamado —dijo la señora Stevenson—. Seth se asustó mucho al ver que no tenía la tarea.

—Me demoró un tiempo conseguir su número de teléfono. Finalmente, tuve que llamar a la señora Brisbane —explicó Carol.

—Siento no habernos conocido antes. No sabía que había una niña nueva en la clase —dijo la mamá de Seth.

Seth y su mamá, que más tarde descubrí que se llamaba June, se quitaron los abrigos, y Carol preparó más chocolate caliente.

—Me alegra conocer a un compañero de Tabitha —dijo Carol.

—¿Recibió Tabitha la invitación para el cumpleaños de Richie? —preguntó June.

Carol negó con la cabeza.

—Llamaré a la mamá de Richie. Sé que ella invitó a todos los compañeros de clase, pero apuesto a que no sabe nada de Tabitha. Siento que nadie se haya comunicado con usted antes para darle la bienvenida. Nos gustaría mucho que asistiera a las reuniones de padres y maestros.

—Me encantaría. Para mí lo de ser mamá es algo nuevo —dijo mientras servía un rico chocolate humeante.

—No se preocupe que va por buen camino —dijo June.

Las dos mamás pasaron a la sala de estar mientras que Seth y Tabitha se sentaron cerca de mi jaula. Smiley estaba sobre la mesa.

—¡Hola, Humphrey! —me saludó Seth.

Comencé a dar vueltas en mi rueda para dejarle saber que me alegraba de verlo.

—Si Richie te invita a su fiesta, ¿vas a ir? —le preguntó a Tabitha.

—No sé. A lo mejor, sí —dijo ella.

—Bueno, si decides ir, ¿podrías dejar a Smiley en casa? —dijo Seth frotándose la nariz.

Tabitha parecía sorprendida:

—¿Y por qué?

Seth suspiró:

—Bueno, yo sé que no eres rara, pero los otros chicos piensan que lo eres por lo del osito. Si no lo llevas a la fiesta, verán que tú eres, digamos, normal, como ellos. Y te aceptarán.

Tabitha se quedó pensativa:

—Y tú, ¿vas a ir a la fiesta?

—Claro. Richie dice que habrá una sorpresa.

—No me gustan las sorpresas —dijo Tabitha frunciendo el ceño

—Pero será una buena sorpresa. Una gran sorpresa —le aseguró Seth.

Tabitha no contestó enseguida:

—Bien. Si tú vas, yo iré también. Y Smiley se quedará en casa.

Seth parecía aliviado:

—Estupendo.

Me observaron mientras yo daba vueltas en mi rueda, y hablaron sobre el examen de matemáticas. Después de un rato, Tabitha dijo:

—Ya comenzó el partido de baloncesto. ¿Quieres verlo?

Los dos salieron corriendo para ver el juego, y no los volví a ver durante el resto de la tarde. No me molestó porque ya no estaba preocupado. Después de un rato, June se fue a su casa, pero Seth se quedó, y ella vino a recogerlo más tarde.

Tabitha dejó a Smiley sobre la mesa, junto a mi jaula. Parecía que sonreía más de lo habitual. A lo mejor este era el comienzo de una nueva amistad.

Me sentí bien durante todo el fin de semana, especialmente cuando Seth llamó a Tabitha el domingo por la noche para hacerle algunas preguntas de matemáticas.

Pero el lunes amaneció FRÍO-FRÍO-FRÍO. Un frío intenso, estremecedor.

El frío era aún más intenso si te acercabas a Heidi y Gail. Aun cuando no estaban juntas, Gail ya casi nunca sonreía.

Por fin llegó el martes, el día del examen de matemáticas. Posiblemente fue el día más tranquilo del curso escolar, ya que mis compañeros estaban muy concentrados en la prueba. Kirk se quejó un par de veces. Seth se levantó tres veces a afilar la punta de su lápiz. Una vez finalizado el examen, todos parecían contentos. Especialmente yo.

Aldo también estuvo muy callado esa noche. En lugar de hablar conmigo mientras comía su cena, pasó casi todo el tiempo escribiendo en un cuaderno. A veces paraba para mirarme, pero enseguida volvía a escribir.

Comenzó a nevar el jueves. Cuando los estudiantes llegaron al aula, todos llevaban puestos gruesos abrigos, gorros y bufandas, y todos tenían las narices rojas. (Algunas de ellas moqueaban, siento tener que decir).

Cuando la clase comenzó, la señora Brisbane se frotó las manos como si todavía las tuviera frías.

—Terminé de calificar los exámenes de matemáticas —anunció—. Todas las notas subieron, muchas de ellas bastante. Sé que trabajaron duro y estoy muy orgullosa de ustedes. Ahora podemos concentrarnos en ensayar para el Festival de Poesía.

Cuando repartió los exámenes, hubo suspiros de alivio y ni una sola queja.

—Ahora tengo una gran sorpresa. Hoy vamos a tener un maestro invitado.

—¿Es como un maestro sustituto? —preguntó Heidi. Por supuesto que la señora Brisbane tuvo que recordarle que levantara la mano.

—No. Viene solo a enseñar una clase. Y muchos de ustedes ya lo conocen. Es Aldo Amato.

—¿Mi tío Aldo? —preguntó Richie.

—Sí, tu tío, el señor Amato —dijo la señora Brisbane.

Y ahí estaba, en la puerta. Aldo era ahora el señor Amato. Llevaba puesta una camisa blanca, un chaleco rojo, pantalones oscuros y una corbata escocesa. Lucía casi tan elegante como el señor Morales, y su carrito de limpieza no se veía por ninguna parte.

—Entre, por favor —le dijo la señora Brisbane.

—Muchas gracias, señora Brisbane... señora Brisbane... señora Brisbane —tartamudeó Aldo.

Haría frío afuera, pero Aldo sudaba. Yo también estaba muy nervioso.

Se dirigió a los estudiantes:

—Hola, niños y niñas. Paso mucho tiempo en el aula cuando ustedes no están aquí, así que me complace verlos sentados en sus sillas. Un grupo encantador, debo señalar.

Algunos estudiantes se sonrieron, lo cual calmó un poco los nervios de Aldo.

—La otra noche, conversando con mi amigo Humphrey, me puse a pensar en cómo ve él el mundo desde su perspectiva. Quiero decir, aquí está él, un animal pequeño, en un cuarto lleno de animales más grande que él: ¡ustedes!

Los niños se echaron a reír, y Aldo se relajó más todavía.

—El caso es que gracias a Humphrey se me ocurrió una idea que vamos a poner en práctica hoy.

¿Quién, yo? ¡Vaya!

Aldo alzó un lápiz:

—¿Puede alguien decirme qué es esto?

—¡Un lápiz! —contestó Heidi.

—Levante la mano, por favor —dijo Aldo

Heidi enseguida levantó la mano.

—Dígame, señorita —dijo Aldo.

Estaba impresionado. La señora Brisbane nunca se refería a sus estudiantes de esa manera.

—Es un lápiz —dijo Heidi.

—¿De verdad? ¿Y usted qué piensa? —dijo Aldo dirigiéndose a Presta-Atención-Art, que miraba distraído al techo.

—¿Quién, yo? ¿Qué?

Aldo caminó en dirección a Art con el lápiz en la mano:

—Le he preguntado, caballero, ¿qué cree usted que es esto?

La señora Brisbane tampoco llamaba *caballero* a nadie.

—Un lápiz —contestó Art.

Aldo se quedó observando el lápiz por un segundo:

—Tiene razón, pero ¿pensará Humphrey igual? —preguntó Aldo.

A decir verdad, yo también pensaba que era un lápiz, aunque era obvio que esa no era la respuesta que Aldo buscaba.

Se acercó a mi jaula y sostuvo el lápiz recto frente a mí, muy cerca:

—¿Qué creen ustedes que ve Humphrey?

La clase se mantuvo en silencio por unos segundos; luego muchas manos se levantaron a la vez. Incluso Heidi se acordó de levantar la mano.

Aldo señaló a Kirk esta vez.

—Él posiblemente ve una franja amarilla grande —contestó.

—Creo que tiene razón. ¿Y usted qué opina? —le preguntó a Sayeh ahora.

—A lo mejor, algo granuloso. Como el tronco de un árbol amarillo —dijo ella.

—En efecto. Si lo miran de cerca, podrán observar su textura —dijo Aldo volviéndose hacia mí—. ¿Verdad, Humphrey?

—Lo que tú digas, Aldo —chillé.

Eso hizo que Gail se echara a reír hasta que se cruzó con la mirada de Heidi. Esta le hizo una mueca, y Gail se puso seria.

—Hoy vamos a mirar el mundo desde la perspectiva de Humphrey. ¿Están todos listos?

Mis compañeros se sonrieron y asintieron. Aldo abrió un maletín (yo nunca había visto uno antes) y sacó

116

un sobre lleno de cuadraditos, abiertos en el medio, como pequeños marcos.

—Estos pequeños cuadrados nos ayudarán a mirar las cosas con más detenimiento.

Aldo debió pasar muchas horas cortando esos cuadrados de una pulgada. Entregó uno a cada estudiante. Después, sacó un montón de cosas de su maletín y las colocó en el escritorio de la señora Brisbane. Hojas de diferentes colores, trocitos de lechuga, tomate, brócoli, una cáscara de limón, piel de cebolla, papel grueso, una pluma de color morado, trocitos de pan... ¡Muchas cosas interesantes y deliciosas!

—Quiero que dibujen, con lápices de colores o crayones, lo que ustedes vean a su alrededor, y que escriban sus observaciones —dijo Aldo—. Bien, ya pueden empezar a explorar.

Pronto mis compañeros caminaban por el aula examinando todo a través de los cuadraditos. Estaban tan OCUPADOS-OCUPADOS-OCUPADOS que no se dieron cuenta de que el señor Morales había entrado a la clase. Él y la señora Brisbane observaban a Aldo. Sonreían y asentían con la cabeza.

Los niños también sonreían.

—¡Vengan a ver esto! —gritó A. J. mientras observaba su guante a través del pequeño cuadrado.

Yo fui el único que se dio cuenta de que Sayeh se había acercado a Tabitha y le había preguntado si podía tomar prestado su osito para examinar su piel.

—No está aquí —contestó Tabitha—. Está en casa.

¡Podrían haberme noqueado con un dedo!

Mientras mis compañeros miraban el mundo desde una perspectiva diferente, yo observaba a Og. ¿Cómo veía él el mundo? Sus extraños ojos miraban en dos direcciones opuestas. Quizá me veía doble o mucho más grande de lo que soy. A lo mejor por eso me atacó la primera noche. Desde luego que para poder entender a Og, iba a necesitar algo mejor que mirar a través de un pequeño cuadrado.

Después de un tiempo, Aldo les pidió a los estudiantes que regresaran a sus pupitres.

—¿Qué observaron? —les preguntó.

Estaban deseosos de compartir sus descubrimientos. A. J. dijo que sus guantes tenían millones de diminutos cuadraditos donde los hilos se entrelazaban. La hoja verde de Art también tenía tonos amarillos, y aunque a simple vista parecía lisa, cuando la mirabas de cerca era rugosa.

La piel verde de Og estaba cubierta de puntos negros. ¡Y, según Mandy, mi hermosa piel dorada era en realidad de color castaño, blanco y también amarillo!

—¿Y qué aprendieron? —preguntó Aldo.

Gail levantó la mano:

—Que las cosas lucen diferente cuando las miras con detenimiento.

Aldo sonrió ampliamente:

—¡Muy bien! Han aprendido a *observar*. —Escribió la palabra en la pizarra—. Observar es lo que los científicos hacen. A veces utilizan microscopios o telescopios

118

para ver las cosas mejor. Cuanto más observas, más aprendes. Hoy han dado el primer paso para convertirse en científicos.

¡Huy! ¡No tenía ni idea de que estaba en una clase rodeado de científicos!

La campana del recreo sonó. Mientras corrían a coger sus abrigos, todos mis compañeros, uno a uno, le dieron las gracias a Aldo. Al final no quedó nadie, excepto Aldo, la señora Brisbane y el director Morales.

—¡Excelente! —dijo la señora Brisbane—. Me encantaría que regresara y los entusiasmara de igual manera con las matemáticas.

—¿Se decide a enviar la solicitud? —preguntó el director.

Aldo asintió con la cabeza:

—Sí, la voy a enviar.

—Y yo quisiera añadir algo a la solicitud: una carta de recomendación —dijo la señora Brisbane.

Pensé que Aldo se iba a desmayar.

—¿De verdad?

—Y para mí sería un honor escribir una carta también —dijo el director Morales.

—No sé cómo agradecérselos —dijo Aldo.

—Yo sé cómo —dijo el director—. Cuando se gradúe y esté listo para su primer trabajo como maestro, espero que piense en la Escuela Longfellow.

Aldo le dio la mano:

—No se me ocurriría enseñar en ningún otro lugar —dijo.

¡Yupi! ¡Qué alivio! Cuando la señorita Mac se fue a Brasil, me quedé muy TRISTE-TRISTE-TRISTE. Pero si Aldo se fuera, me quedaría más triste aún.

«Dime con quién andas, y te diré quién eres».

Proverbio asirio

Una gran fiesta

Durante la semana, hubo bastante cotorreo sobre la fiesta de cumpleaños de Richie. Tanta agitación me provocó que se me acelerase el corazón y un cosquilleo en los bigotes. Me preguntaba qué sería esa gran sorpresa de la que Richie hablaba todo el tiempo.

El viernes, la señora Brisbane anunció que Richie me llevaría a su casa ese fin de semana.

—¡Yupi! Humphrey también va a estar en la fiesta —gritó A. J.

Nunca había estado en una fiesta fuera del Aula 26, así que, loco de alegría, salté a mi rueda y comencé a dar vueltas tan rápido como podía.

—¡BOING! —croó Og.

Fue entonces cuando me di cuenta de que Og no había sido invitado.

—¿Y Og? —preguntó Richie—. ¿Puede venir también?

La señora Brisbane negó con la cabeza:

—Tienes mucho trabajo que hacer con todos los preparativos. Además, me voy a llevar a Og a casa. Mi esposo le está preparando una sorpresa.

—¡Huy! —chillé sin querer. ¿Así que el señor Brisbane, a quien no había visto desde las Navidades, le estaba preparando una sorpresa a la rana? Podía sentir crecer dentro de mí a ese monstruo de ojos verdes otra vez. Tenía celos de esa cosa grande de sonrisa macabra, y no me sentía orgulloso de ello.

◦◦◦

Richie saltaba inquieto, como una rana, cuando su mamá vino a recogernos.

—¡Humphrey, listos para la gran fiesta! —gritó.

—Trata de relajarte, Richie —le dijo la señora Rinaldi cuando subimos al auto—. Si quieres que celebremos la fiesta, tienes que calmar esos nervios.

Esa noche había un gran alboroto en casa de los Rinaldi. Para empezar, acudieron tantos tíos y tías, abuelos y abuelas, que no sabía quién era quién.

Todo el mundo corría de un lado a otro moviendo sillas, decorando el sótano o preparando cosas en la cocina. Sin embargo, a pesar de estar tan ocupados, no dejaban de decirme: «Hola, Humphrey», o simplemente: «¿No es precioso?».

El tío Aldo y su esposa Maria llegaron también para ayudar. Cuando Aldo anunció que iba a regresar a la universidad, sus familiares le dieron palmaditas en la espalda y lo felicitaron: «¡Estupendo!». ¡Estaban todos tan FELICES-FELICES-FELICES con la noticia como yo!

◦◦◦

El sábado por la mañana, el ajetreo era aún mayor. La familia de Richie subía y bajaba las escaleras ultimando los detalles de la fiesta. Aldo y Maria llegaron temprano para ayudar. Por la tarde, Aldo se puso un sombrero de copa y dijo:

—OK, Humphrey. ¡A disfrutar de la fiesta! —Agarró mi jaula, y bajamos al sótano.

¡Qué maravilla! Había globos de todos los colores. A lo largo de la pared habían colocado puestos hechos con cajas de cartón y pintados de vivos colores. Un círculo de sillas rodeaba una gran plataforma. Sonaba una alegre música de circo, y yo podía oler las palomitas de maíz y la limonada.

Aldo colocó mi jaula sobre una mesa grande y dijo:

—¡Bienvenidos a la Fiesta de Carnaval de Richie Rinaldi! ¡Pasen, señoras y señores! ¡Pasen y vean!

Pronto comenzaron a llegar mis compañeros del Aula 26. Gail y Heidi (no juntas, desde luego), Kirk, Garth, Mandy, Sayeh, A. J. y Art, Seth y Tabitha.

Tan pronto como Sayeh vio llegar a Tabitha, corrió junto a ella para saludarla:

—Cuánto me alegro de que hayas venido —dijo.

Entonces, vi bajar a Marty por la escalera. ¿Marty? Cerré los ojos y los abrí nuevamente. No me había equivocado, Martin Bean, el acosador, en persona, estaba allí, en el sótano de la casa de Richie.

—Mi mamá me obligó a invitarlo —escuché decir a Richie—. Está en mi clase en la escuela dominical.

¿Es que hay clases los domingos también? Caramba, uno aprende algo nuevo cada día.

Todos los niños dejaban regalos, envueltos en

papeles de brillantes colores, sobre una mesa. La mayoría me saludaba al pasar. De repente, Aldo anunció:

—¡Pasen todos! ¡Pasen todos y jueguen! ¡Los juegos más asombrosos del mundo!

En cada uno de los puestos se podía jugar a algo diferente. En el puesto que atendía el papá de Richie, los niños tiraban aros a botellas de refrescos vacías. Si lograban encajar tres aros en las botellas, obtenían una papeleta rosada.

En el puesto del primo Mark, el juego consistía en lanzar una pequeña pelota a una cesta de baloncesto. Cada vez que encestabas, recibías una papeleta rosada.

En el puesto del abuelo Rinaldi, tenías que derribar pequeños bolos con una pelota. Si los tumbabas todos, recibías una papeleta rosada.

Cerca de mí estaba el puesto de Maria. Un pañuelo floreado le cubría la cabeza, y delante de ella había una bola de cristal grande.

—Pasen, señoras y señores. Dejen que *madame* Maria les diga su fortuna —pregonaba ella.

Madame Maria le dijo a Mandy que comería «muchas palomitas de maíz» en el futuro. (De hecho, creo que ya había comenzado). Maria le dijo a Kirk que se divertiría mucho en el futuro. ¡Kirk siempre se divertía!

Había tanto ruido en el sótano que estaba tentado de irme a mi aposento para tener un poco de paz y tranquilidad. Pero, por otra parte, no quería perderme la fiesta.

Entonces —¡oh, oh!—, me di cuenta de que alguien no se divertía. Heidi Hopper iba hacia el puesto de baloncesto cuando Bean se interpuso en su camino. Ella se movió a la derecha para pasar, y él se movió a la derecha para cortarle el paso.

—¿Qué prisa tienes? —preguntó bruscamente.

Heidi se movió a la izquierda, y él también, para no dejarla pasar.

—Di la palabra mágica —dijo Marty.

—Por favor —susurró Heidi.

—¡Habla más alto!

—¡Por favor! —dijo Heidi alzando más la voz.

—Esa no es la palabra mágica —dijo Marty burlándose de ella—. Prueba otra vez.

Una vez más, Heidi trató de esquivarlo, y él la detuvo. Heidi estaba a punto de llorar. ¡El comportamiento de él era totalmente «inexchillable»!

—¡Déjala ir! —grité, aunque, con tanto alboroto, nadie iba a poder oír a un pequeño hámster como yo.

De repente, Gail apareció de la nada.

—¡Basta ya, Marty! —le dijo dándole un empujón. Tomó a Heidi de la mano y la haló en dirección al puesto de la fortuna—. Ven, Heidi.

Marty se quedó inmóvil y con la boca abierta. Yo no podía dar crédito a lo que había visto. Primero, yo pensaba que Gail estaba enojada con Heidi. Segundo, nunca nadie se había atrevido a empujar a Marty, y menos una niña. Gail en realidad era más fuerte de lo que parecía.

—¡Atención, damas! ¡Aquí adivinamos su fortuna! Dejen que *madame* Maria les diga lo que el futuro les depara.

Heidi y Gail se miraron.

—¡Pasen, pasen! —les dijo Maria.

Las dos niñas entraron presurosas y se sentaron mientras Maria miraba fijamente la bola de cristal.

—Serán amigas para siempre —predijo Maria.

¡Hurra! Heidi y Gail parecían contentas con su destino. Cuando salieron, escuché a Gail decir:

—Siento haberte llamado *tramposa*. No es cierto.

—Y yo siento haberte llamado *llorona* —dijo Heidi.

De repente, se produjo un silencio entre las dos hasta que Mandy se acercó a ellas corriendo para preguntarles si ya habían jugado a los aros. Las tres salieron sin perder un minuto a probar suerte. Las amigas de oro de toda la vida, Heidi y Gail, por fin habían hecho las paces.

Por otra parte, Marty todavía parecía confuso por el incidente ocurrido. Se había quedado inmóvil mirando cómo los demás invitados se divertían. Me imagino que Aldo se dio cuenta, porque se acercó a él y le dijo:

—Si buscas algo que hacer, me puedes ayudar a entregar los premios.

Marty no contestó.

—¿O prefieres jugar con tus amigos? Tienes amigos, ¿verdad?

Marty parecía una estatua con la mirada fija en Aldo.

—¿Sabes una cosa, Marty? Si dejaras de acosar a la gente, verías como todos actuaban de diferente manera contigo. Así que te sugiero que vengas conmigo y hagas algo de provecho, como ayudarme a repartir los premios.

Aldo no esperó por la respuesta. Le puso la mano en el hombro y lo condujo al puesto de los premios.

Mientras tanto, Richie y Seth animaban a Tabitha, quien ya había encestado tres veces seguidas. Smiley, el oso, no se veía por ninguna parte.

Miranda y Sayeh tenían un montón de papeletas rosadas, así que se encaminaron al puesto de los premios. Pero cuando vieron a Marty, se detuvieron en seco.

—Yo no voy si *él* está ahí —dijo Miranda—. Es capaz de robarme las papeletas.

A. J. y Art estaban en el puesto de los premios tratando de elegir entre muchas cosas: rompecabezas, raquetas de pádel y unos ridículos lentes hechos de cartón con globos oculares pintados. Aldo y Marty estaban detrás de la mesa de los premios.

—Acaben de una vez y escojan algo —dijo Marty molesto—. Muévete —le dijo a A. J. colocándole a la fuerza los ridículos lentes en la mano.

—Marty, dales tiempo para que escojan lo que ellos quieran —le dijo Aldo dándole un suave codazo—. ¿Qué les parece este silbato de trenes?

—Quizá —dijo A. J.

—Una raqueta siempre viene bien —dijo Art—. Me llevo esta.

—Buena elección —masculló Marty.

—Y yo me llevo el silbato —decidió A. J.—. Gracias.

—De nada. —Sonaba extraño oír esa frase en boca de Marty Bean.

Kirk llegó corriendo a elegir su premio con un montón de papeletas rosadas.

—Vaya, si es Kirk, el mismísimo ton... —Marty no terminó la frase.

—Kirk, el mismísimo y único Kirk —se apresuró a decir Aldo—. Anda, escoge tu premio.

Kirk tenía suficientes papeletas como para quedarse con la flor que disparaba agua.

—Buena elección —dijo Marty.

Su voz sonaba diferente. Me imagino que era porque no estábamos acostumbrados a oírle decir cosas tan agradables.

Al fin, Sayeh y Miranda, quienes habían estado observando a Marty, decidieron acercarse con las papeletas bien sujetas en las manos.

—Damas, pasen y seleccionen sus premios —dijo Aldo—. Marty estará encantado de ayudarlas. ¿A que sí, Marty?

—Aquí tienen unos llaveros —les dijo Marty mientras las niñas se acercaban un poco nerviosas—. O a lo mejor prefieren este juego de tres en raya.

Miranda y Sayeh no salían de su asombro al ver que Marty se comportaba como un ser humano civilizado. Procedieron a entregarle las papeletas.

—Gracias, Marty —le dijo Miranda recogiendo el llavero.

Aldo sonrió, y también Marty.

Todo el mundo lo estaba pasando tan bien que estuve tentado de abrir la cerradura-que-no-cierra y unirme a la fiesta.

Estaba pensando en eso cuando, de repente, Aldo

hizo sonar un silbato y les pidió a todos que se acercaran al pequeño escenario para ver el gran espectáculo.

Mientras observaba a mis compañeros correr a sentarse en las sillas, me di cuenta de que yo tenía una vista estupenda del escenario. Por lo tanto, no había necesidad de planear una escapada.

Una vez que todos estuvieron sentados, Aldo subió al escenario y saludó con su sombrero de copa.

—Señoras y señores, y ahora, ante ustedes, ¡el asombroso y sorprendente Mitch con su fascinante espectáculo de magia!

El famoso y sorprendente Mitch era un hombre alto y delgado que también usaba sombrero de copa. Su cabellera rubia y larga le llegaba a los hombros. Llevaba puesta una holgada chaqueta negra sobre una camiseta de rayas rojas y blancas; usaba unos lentes con una montura de color rojo.

Aldo comenzó a aplaudir, y lo siguió el resto del público. El sorprendente Mitch cargaba una mesa en una mano y una maleta en la otra. Puso la maleta sobre la mesa y de ella sacó una varita larga y negra.

Ahora entendía. ¡El asombroso y sorprendente Mitch era un mago! Había oído hablar de espectáculos de magia, pero nunca había visto uno. El acto comenzó, y sentí mis bigotes estremecerse.

No paraba de hablar durante la actuación. BLA-BLA-BLA. Primero hizo un truco con barajas. Hizo subir a A. J. de entre el público y le pidió que sacara una carta, la memorizara y la pusiera de nuevo con las otras cartas.

El mago las mezcló todas y le pidió a A. J. que sacara otra. ¡La carta que seleccionó esta vez era EXACTA a la que había elegido antes!

—¿Piensan que es un truco? —preguntó el mago.

—Sí —contestó A. J.

Entonces el mago llamó a Tabitha. Les pidió a ella y a A. J. que revisaran el mazo de la baraja para asegurarse de que no había ningún truco. ¡Todo estaba en orden! Después, Tabitha tuvo que seleccionar una carta y memorizarla. Mitch volvió a barajear las cartas. Cuando Tabitha sacó otra carta (no lo van a creer), ¡era idéntica a la anterior!

Todo el mundo aplaudió menos yo. Este tipo me parecía un poco pícaro. Decidí prestar más atención.

El mago Mitch preguntó si alguien le podía prestar una moneda. Marty le ofreció una moneda que tenía en el bolsillo. ¡Imagínense un adulto quitándole el dinero a un niño!

Mitch envolvió la moneda en un pañuelo ante la vista de todos. Luego sacudió el pañuelo... ¡y la moneda había desaparecido! Marty lanzó un grito ahogado. Alguien debió advertirle a Mitch que tuviera cuidado de no enojar a Marty.

El mago se inclinó y preguntó:

—¿Qué es eso que tienes en la oreja?

Entonces se acercó, tocó la oreja de Marty y mostró una moneda: ¡la misma que Marty le había dado!

Y, ahora, me pregunto, ¿cómo se puede hacer desaparecer una moneda en el aire y hacerla aparecer en la oreja de alguien? ¡Este tipo hacía TRAMPA-TRAMPA-TRAMPA!

A continuación, el mago Mitch tuvo la audacia de preguntar si el cumpleañero había recibido dinero por su cumpleaños. Richie se levantó y le entregó un reluciente billete de un dólar. Entonces, el mago lo dobló ¡y lo cortó en pedazos con una tijera! ¡Qué mala educación! ¡Nunca había visto una cosa igual! Ni siquiera Og haría algo así. A Richie casi se le salían los ojos de las órbitas. El mago Mitch colocó los pedacitos del billete en la mano de Richie y agitó la varita mágica. Nada sucedió.

—¡Me olvidé de decir las palabras mágicas! —exclamó—. *¡Tin marín de dos pingüe, muéstranos dónde el dinero se fue!*

Esta vez, cuando abrió la mano, el billete estaba allí como nuevo.

¡Menos mal, porque si no a Richie le hubiera dado un ataque!

El mago Mitch les pidió a Sayeh y a Mandy que lo ayudaran con un truco: cortó una soga a la mitad, pronunció unas palabras mágicas y la soga volvió a su forma original.

Art le ayudó a hacer desaparecer un vaso de agua debajo de un pañuelo. Quiero decir, un vaso ¡lleno de agua! Les aseguro que yo no invitaría a este hombre a cenar a mi casa.

Todos parecían disfrutar del espectáculo a juzgar por las exclamaciones de asombro y los aplausos.

Finalmente, el mago Mitch anunció el número principal.

—Señoras y señores, durante este número yo casi siempre hago aparecer un conejo en mi sombrero. Pero hoy, el conejo está en huelga, así que voy a pedirles prestado la mascota de clase para este asombroso acto.

¡Me tomó unos segundos darme cuenta de que la mascota de clase era yo! Richie se acercó a mi jaula, abrió la puerta y, con sumo cuidado, me tomó entre sus manos.

—No tengas miedo, Humphrey. Es solo un truco de magia —me susurró.

Yo lo sabía, pero no quería que me cortaran en trocitos o que me hicieran desaparecer. No en balde el conejo estaba en huelga.

—Como Humphrey ya está aquí, no tiene sentido que lo saque de mi sombrero. ¡Por lo tanto, lo voy a hacer desaparecer *en* mi sombrero!

Entonces, el mago Mitch puso el sombrero bocabajo y le dijo al público que cualquiera que quisiera inspeccionarlo podía subir. Todo el mundo estuvo de acuerdo en que era un sombrero normal y corriente.

Mitch me sostuvo en sus manos y me colocó en el sombrero. Dentro estaba OSCURO-OSCURO-OSCURO; debo admitir que no me gustan los lugares sin luz.

Cuando me dejó caer en el sombrero, haló algo con el dedo y caí dentro de lo que parecía ser un compartimiento secreto en su parte de arriba. En ese momento un fondo falso cayó sobre mi cabeza. Me había quedado atrapado en un lugar oscuro y tenebroso.

Podía escuchar las palabras amortiguadas del mago que decían: «¡*Abracadabra*, Humphrey querido, adónde te habrás ido!».

¡Guau! El mago ahora le había dado una vuelta completa al sombrero, y yo estaba acostado sobre mi espalda, un poco mareado.

—¡Humphrey! ¿Dónde estás? —llamó el mago Mitch.

Agitó el sombrero para mostrar que estaba vacío. Pero no lo estaba.

—¡Ay! —chillé apenas sin fuerza mientras rebotaba de arriba abajo en esa sofocante cueva.

Pero nadie podía oírme, ni siquiera el mago Mitch.

Sin embargo, yo sí oía las exclamaciones de asombro y los movimientos inquietos del público.

—¿Dónde está Humphrey? —oí preguntar a A. J.

—Quién sabe —contestó el mago dándole la vuelta al sombrero y colocándoselo en la cabeza—. ¿Y, ahora, listos para otro truco?

—¡Queremos que aparezca Humphrey! —dijo Richie alzando la voz como A. J.

—¿Quién es Humphrey? —preguntó el mago mientras se preparaba para el próximo acto.

Yo no podía ver qué hacía porque estaba en una total oscuridad.

Bueno, si el mago Mitch no tenía intenciones de sacarme del sombrero, tendría que hacerlo yo por mi cuenta.

Cuando mis ojos se acostumbraron a la oscuridad, pude ver un pequeño rayo de luz sobre mi cabeza.

Si podía ver luz, seguramente allí había una abertura. Me agaché en el pequeño espacio que tenía y traté de alcanzar la abertura con mis patas. Empujé. Y arañé. Y empujé un poco más. Seré pequeño, pero para ser un hámster, soy fuerte.

Podía escuchar al mago decir: «Ahora lo ven, ya no lo ven. ¿En qué concha está el guisante?».

—¡Queremos que Humphrey aparezca! —Se escucharon más voces, pero Mitch las ignoraba.

Ahora podía ver más luz. La parte de arriba del sombrero cedía con los empujones. Había un espacio pequeño por el que me podía escurrir. Empujé con todas mis fuerzas ¡y aparecí en la parte superior del sombrero! ¡Pude ver a todos mis compañeros del Aula 26, a los familiares de Richie e incluso a Marty Bean. ¡Todos me miraban asombrados!

El mago Mitch continuó su acto, pero ya nadie le prestaba atención.

Se oían risitas y más risitas. La gente señalaba y se daba codazos. Las risitas se convirtieron en risas y luego en carcajadas.

—Ahora lo ven…, ahora, no. —Mitch parecía un poco confuso—. ¿Señores, señoras? ¿Prestan atención?

Podía escuchar cómo susurraban mi nombre por todas partes.

Me incorporé para que me vieran mejor.

—¡Hola a todos! —chillé lo más alto que pude.

Eso ocasionó carcajadas. Me incliné e hice una reverencia.

El público comenzó a gritar mi nombre. Empezaron a dar patadas en el suelo y a aplaudir mientras coreaban: «¡Humphrey! ¡Humphrey! ¡Humphrey!».

—OK —dijo el mago bastante enojado—. ¡Haré que aparezca otra vez!

Se quitó el sombrero, y allí estaba yo; nos miramos fijamente a los ojos. Se le veía muy pálido.

—¿Qué has hecho? ¡Has arruinado mi espectáculo!

—Es mi espectáculo ahora —le chillé.

—La próxima vez, traeré mi conejo —dijo desolado.

Pero nadie lo oía porque todos mis amigos no paraban de gritar y de hacer ruido con los pies y las manos.

Aldo enseguida subió al escenario y dijo:

—¡Démosle un fuerte aplauso al asombroso y sorprendente mago Mitch!

Mitch saludó con su sombrero, que ahora tenía un agujero en la parte de arriba. Bajó del escenario y subió las escaleras del sótano corriendo para alejarse de ese lugar lo más pronto posible.

La gente siguió aplaudiendo y vitoreando. Pero esta vez lo hacían por mí.

«Un amigo es un regalo que te haces a ti mismo».

Robert Louis Stevenson, *novelista y poeta escocés*

Grandes círculos de encaje

El lunes, mis compañeros de clase no dejaban de hablar de la fiesta. Incluso la señora Brisbane se echó a reír cuando Richie contó la historia de mi triunfante aparición.

Pero ese día había otro tema de conversación: la sorpresa que le habían preparado a Og.

¡Bert Brisbane le había construido una piscina de verdad! No era un bol grande con agua. Una sección entera del tanque de cristal era agua, mientras que una frondosa vegetación cubría el resto de su casa.

Era una magnífica sorpresa, y sentí una pequeña punzada de envidia. Pero entonces me di cuenta de que en esta ocasión la mueca de Og era más una sonrisa. Pensándolo bien, creo que los dos tuvimos un buen fin de semana.

Una vez que todos mis compañeros admiraron la piscina de Og, la señora Brisbane no perdió tiempo en anunciar:

—El Festival de Poesía es en menos de dos semanas.

Tenemos que finalizar nuestras selecciones, memorizar los poemas, terminar los gráficos y hacer los buzones de San Valentín.

Desde ese momento hubo una actividad frenética en la clase. Algunos alumnos se retiraron al guardarropa para memorizar sus poemas. Otros hicieron dibujos para poner en el tablero de anuncios, mientras que otro grupo se dedicó a decorar los buzones de San Valentín con pinturas, crayones, botones, encaje y pegatinas.

No se preocupen. La señora Brisbane no se olvidó de enseñarnos matemáticas, ciencia, geografía, estudios sociales y ortografía. (Créanme, ella nunca se olvidaría). Pero entre clase y clase, mis compañeros trabajaron como locos preparándose para San Valentín y el Festival de Poesía. Algunas madres, como la señora Hopper y la señora Patel, prestaron su ayuda durante dos días.

Por la noche solo estábamos Og y yo en el Aula 26. Mientras lo miraba nadar y zambullirse en su nueva piscina, me peguntaba qué habría hecho durante el fin de semana en casa de los Brisbane. Ahora, con tanta agua, el ruido que hacía al salpicar era cada vez más fuerte. Cada noche que pasaba me sentía más molesto, hasta que entendí por qué. Aquí estábamos el uno al lado del otro, pero yo todavía me sentía solo. Habíamos mantenido una pequeña comunicación, y en una ocasión me había ayudado, pero no estaba seguro de si en realidad éramos amigos.

Era hora de averiguarlo. Abrí la cerradura-que-no-cierra, reuní todo mi valor y me dirigí a su casa de cristal. Le dije: «Hola, Og».

Repentinamente, Og se volvió hacia mí. Debo admitir que me dio un vuelco el corazón. ¿Trataría de atacarme otra vez?

—Escucha, Og, a lo mejor no he sido el mejor de los compañeros. Es posible que haya tenido celos. Pero me gustaría intentar ser amigo tuyo.

Esta vez, en lugar de lanzarse, se zambulló en el agua con un gigantesco ¡SPLASH! El agua llegó hasta la tapa del tanque y traspasó la malla ¡mojando mi suave y seca piel! Y si hay una cosa que los hámsteres odiamos es tener la piel mojada. Mi esplendorosa piel dorada ahora chorreaba toda deslucida. Si lo que Og buscaba era que le prestaran atención, iba a conseguirlo.

—Gracias por nada, Og —chillé—. Quiero que sepas que tengo un millón de amigos, así que no me importa si quieres ser mi amigo o no. Y si estás contemplando esa posibilidad, ¡mejor olvídalo!

Og simplemente me miró como de costumbre.

—¿Y recuerdas esa vez que te lanzaste sobre mí? —continué—. Pues no me asustaste.

No quería tentar a mi suerte, así que salí corriendo hasta meterme en mi jaula. Al fin lo había puesto en su lugar, pero no me sentía mejor. Ni un poquito.

❧

El jueves amaneció un día triste, como nunca había visto antes, aunque, dentro, en el Aula 26, la cosa era totalmente diferente. Heidi y Gail eran de nuevo las mejores amigas. Tabitha era amiga de Seth, Sayeh, Miranda, ¡y de todos! Y los preparativos para el Festival del Poesía avanzaban.

Nadie, excepto yo, parecía haberse dado cuenta de que afuera todo estaba GRIS-GRIS-GRIS. Por la tarde comenzó a nevar. Subí a mi rueda y pude ver grandes círculos de encaje mecerse en dirección al suelo.

Me pareció que eso sonaba tan bonito que lo escribí en mi cuaderno. «Grandes círculos de encaje».

Esas palabras podrían transformarse en un poema algún día.

La nieve continuó cayendo después de que terminaron las clases. Era bonito ver esos círculos de encaje caer del cielo. Después de un tiempo, se convirtieron en un grueso manto blanco de nieve.

Había tal tranquilidad que podrías haber oído a una rana eructar. No es que Og lo hubiera hecho. Estaba tan silencioso como los copos de nieve.

Supe que algo malo ocurría cuando Aldo no vino a limpiar esa noche. No había autos en el estacionamiento, y solo uno estaba aparcado en la calle. Parecía más una gigantesca bola de nieve que un auto.

Contaba las horas hasta el amanecer. La nieve continuó cayendo hasta cubrir completamente el auto de la calle. El manto de nieve era precioso, pero el silencio hacía que se me erizara la piel. Extrañaba la voz alta de A. J., las quejas de Mandy y la risita de Gail.

Cuando sonó la campana dando comienzo a las clases del viernes, algo extraño sucedió: no vino nadie.

Ni la señora Brisbane, ni Garth, ni Miranda..., nadie. No había otros autos en el estacionamiento, ni llegaban los autobuses del colegio.

La nieve no daba señales de parar. ¡Estaba encerrado con Og!

«La vida sin amigos es como un cielo sin sol».

Proverbio francés

¡No más nieve!

Era estremecedor oír la campana anunciar el recreo de la mañana, el almuerzo y el receso de la tarde cuando no había nadie en la escuela, excepto Og y yo.

Mirar toda esa nieve fuera me producía escalofríos. Dentro la temperatura era cada vez más fría. ¿Qué había dicho Aldo acerca de bajar el termostato por la noche para ahorrar dinero? De repente, me estremecí al pensar que no había nadie que pudiera subir la calefacción.

Por suerte, yo tenía mi propio abrigo de piel, un rincón para dormir y una pila de virutas de madera para mantenerme en calor. Me preguntaba cómo se sentiría Og encerrado en cuatro paredes de cristal, con algo de vegetación y una piscina no climatizada.

Dormité la mayor parte del día y mordisqueé la comida que había guardado en mi rinconcito de dormir. Nosotros, los hámsteres, somos inteligentes y guardamos comida para casos de emergencia. Pero mi plato estaba completamente vacío, y casi no tenía agua.

Cada vez que me despertaba, miraba a través de la ventana. No había autos estacionados en la calle. De hecho, no podía ver dónde terminaba la calle y comenzaba la acera. Todo era una capa blanca de nieve.

Og se pasaba la mayor parte del tiempo en silencio, y los grillos también. Me sentía ABURRIDO-ABURRIDO-ABURRIDO solo en el aula. ¡Incluso echaba de menos la clase de matemáticas! Entonces decidí subirme a mi rueda para distraerme y hacer ejercicio. Eso me hizo entrar en calor, pero también me abrió el apetito. La última vez que revisé mis provisiones de comida, ¡solo me quedaba un tallo de tomate mustio!

Por fin sonó la campana dando por terminadas las clases. Me preguntaba qué estarían haciendo mis compañeros. A. J. posiblemente estaría viendo la televisión con su familia. Garth y Andy estarían entretenidos con sus videojuegos. Miranda estaría acurrucada con Clem. (¿Es que no le molestaba su halitosis?). Sayeh seguramente estaría ayudando a su mamá a cuidar a su hermano pequeño. Y la señora Brisbane posiblemente estaría atareada en su cálida y acogedora cocina mientras el señor Brisbane construía una casa para pájaros.

Todos estaban cómodos, resguardados del frío ¡y bien alimentados! Seguramente no estarían preocupados por mí. O por Og.

Pensar en esas cosas no ayudaba. Decidí trabajar en mi poema. ¿Qué rimaba con *desolación*? ¡Preocupación!

Saqué el cuaderno y el lápiz que guardaba detrás de mi espejo y me acomodé en la pila de virutas de madera para entrar en calor.

Pronto me quedé dormido. Era de noche cuando me desperté.

—Oye, Og, ¿crees que Aldo vendrá esta noche? —le pregunté a mi vecino.

Og no contestó. Aldo no vino. La nieve seguía cayendo.

Alrededor de la medianoche, escuché un ruido afuera y miré por la ventana. Una enorme máquina, mucho más grande que un auto, con una luz amarilla que giraba en el techo, avanzaba lentamente por la calle como un gigantesco caracol amarillo. La vi moverse lentamente hasta que desapareció.

Tres horas más tarde, regresó en la dirección opuesta y de nuevo desapareció.

—¿Viste eso, Og? —chillé en voz alta.

Definitivamente me ignoraba y no podía culparlo. Le había dicho cosas horribles, cosas que seguramente había entendido. Me sentí culpable, y eso me hizo tener más frío.

—Og, no hablé en serio cuando te dije que no me importaba si no querías ser mi amigo —le grité desde mi jaula—. Te perdono por salpicarme si me perdonas por decirte esas cosas, ¿OK?

—¿Boing?

Creo que quiso decir *OK*, pero su voz sonó diferente. A lo mejor tenía hambre, igual que yo. En ese momento recordé que él no necesitaba comer tan a menudo. ¡Qué suerte tenían las ranas!

~•⌣•~

A la mañana siguiente, había dejado de nevar. Pero todo estaba cubierto de nieve y no se veía ningún auto, ni gente por la calle, a excepción de esa bola de nieve estacionada, quise decir ese auto.

Aunque no hubiese nevado, nadie habría venido a la

escuela porque hoy era sábado. Hacía exactamente una semana, yo había sido la estrella del espectáculo de magia de Mitch. Ahora estaba solo —o casi—, CONGELADO-CONGELADO-CONGELADO, hambriento y olvidado.

A lo largo de mi vida, algún humano me había traído comida, agua y había limpiado mi jaula. Siempre me habían cuidado. Nunca había tenido que arreglármelas yo solo. Pero yo era un hámster inteligente y capaz. Era hora de valerme por mí mismo como mis antepasados, los hámsteres salvajes, que sobrevivieron en bosques entre pilas de hojas y piñas de pino, y alimentándose de las frutas y nueces que pudieran recolectar.

El hambre debió opacar mi cerebro, porque no se me había ocurrido hasta ese momento que mi comida estaba justo sobre la mesa, cerca de mi jaula. Cosas deliciosas como heno, gusanos, granos y las gotas de vitamina. ¡Todo lo que tenía que hacer era servirme yo mismo!

Abrí la cerradura-que-no-cierra y salí tambaleándome de mi jaula.

—¿Og, estás bien? —pregunté.

—¡Boing! —respondió débilmente. Había pasado tiempo desde la última vez que Og había comido. Y recordé haber oído decir a la señora Brisbane lo importante que era que las ranas tuvieran agua fresca.

—Voy a buscar un poco de comida —le expliqué—. A lo mejor encuentro algunos gusanos para ti. No creo que pueda llegar al armario donde están los grillos.

—¡Por esta vez, los grillos estaban a salvo!

—Boing.

Og sonó todavía más débil. Y su color no era del verde habitual. Y eso no es un buen síntoma para una rana.

Corrí apresurado por la mesa, casi desmayado del hambre. Y allí estaban: una bolsa grande de Tentempiés Nutritivos, una bolsa larga de heno para hámsteres y un pomo con deliciosos gusanos. Desde luego, alcanzar esas cosas desde la mesa era todo un reto para un pequeño hámster. Si trepaba a la bolsa de Tentempiés Nutritivos, corría el riesgo de caerme dentro y no poder salir. Aunque me encantaban, no quería pasar mis últimos minutos en este mundo aplastado por ellos.

No, la única manera de enfocar este asunto era la fuerza bruta. Decidí correr y embestir la bolsa para tumbarla. Los tentempiés rodarían por todas partes, y yo comería hasta saciarme.

Respiré profundamente y corrí en dirección a la bolsa gritando: «¡Al ataque!».

No resultó como yo había pensado. Le di a la bolsa con todas mis fuerzas y apenas se movió un poquito. Desafortunadamente, se deslizó hacia atrás y me cayó encima.

La bolsa no me aplastó, pero estaba atrapado bajo su peso. A través de una pequeña abertura podía ver una tenue luz. Podía respirar, pero no podía librarme de la bolsa.

Lo que sí *podía* hacer era gritar.

—¡Socorro! ¡Estoy atrapado! —chillé, aunque la bolsa amortiguaba el sonido.

La verdad, no sé por qué chillaba. «¡Ayúdenme, por favor!» seguramente sonaba como: «¡SQUISH-SQUISH-SQUISH!».

Chillé de todas formas y esperé.

¿Qué había sido ese ruido?: «¡Boing-boing-boing! ¡¡BOING-BOING-BOING!! ¡¡¡BOING-BOING!!!», y a continuación un gran estallido.

No entendía cómo Og pensaba que me podía ayudar haciendo todo ese ruido. Entonces, escuché un sonido diferente: «Pum-pum-pum». Y, de repente, vi a Og que me sonreía por la pequeña abertura.

¡Esa rana chiflada había logrado escapar de su casa dando saltos para venir a rescatarme! Comenzó a lanzarse contra la bolsa cada vez con más fuerza. La bolsa comenzó a moverse, la abertura a agrandarse, y empecé a arrastrarme hacia afuera.

Og continuó golpeando la bolsa y gritando: «¡Crish! ¡Crish!». Este era un Og completamente desconocido, y un sonido totalmente nuevo.

La abertura se fue haciendo cada vez más grande, y pude gatear hasta que llegué donde estaba Og. Aunque me encontraba débil por el hambre y por el esfuerzo, pude agarrarme a él antes de que la bolsa se moviera otra vez y cayera plana sobre la mesa. Me sentía ALIVIADO-ALIVIADO-ALIVIADO de no estar bajo ese peso.

—¡Crish! —insistió Og.

Tan pronto me subí a su espalda, Og comenzó a avanzar a saltos para alejarnos de allí.

¡Qué emoción! ¡Me balanceaba y saltaba sobre su

espalda como un vaquero montado sobre un potro salvaje!

—¡Yee-haw! —grité—. ¡Corre, Og, corre!

—¡Crish! —gritó él.

Justo en ese momento, se encendieron las luces y oí pasos.

—¡Oh, no! ¡Mire! ¡Se escaparon de sus jaulas! —Era la voz de la señora Brisbane—: Tumbaron la comida. ¡Deben de estar muertos de hambre, pobrecitos!

—Criaturitas inteligentes —dijo el director Morales sonriendo—. Muy inteligentes.

Casi no los reconocí, con esos gruesos abrigos de invierno, los gorros de lana y unas bufandas largas que apenas dejaban ver sus rostros.

—¿Cómo habrán podido escaparse? —preguntó la señora Brisbane.

—A lo mejor no cerraron bien la jaula de Humphrey —dijo el director—. Y Og saltó fuera del tanque. Fíjese, la tapa del tanque esta corrida.

Así que yo tengo una cerradura-que-no-cierra, ¡y Og tiene una tapa-que-se-destapa!

—¡No teman! ¡Aldo al rescate! —se escuchó otra voz.

Aldo, abrigado hasta las narices, entró al aula.

—¿Están bien? La quitanieves no limpió nuestra calle hasta hace media hora. Pensaba venir caminando, pero dijeron por radio que era muy peligroso salir.

—Lo sé —dijo la señora Brisbane—. Bert y yo estábamos muy preocupados. Si hubiera sabido que se aproximaba una tormenta, me los hubiese llevado a casa.

Y muchas personas llamaron. Muchos padres, Angie Loomis, todo el mundo.

La señora Brisbane me llevó hasta mi jaula y me dio un puñado de Tentempiés Nutritivos. El director Morales colocó a Og en su tanque y le dio de comer algunos grillos (¡puaj!). Y Aldo nos trajo agua fresca a los dos.

—Hace demasiado frío aquí dentro para Og —dijo el señor Morales—. Esta vez no le pasó nada, pero voy a comprar un calentador.

Se oyeron nuevos pasos en el aula.

—Vinimos tan pronto como palearon la nieve —dijo Miranda, que venía acompañada por Abby y Amy.

—Las niñas estuvieron preocupadas todo el día —dijo Amy.

¡Así que no se habían olvidado de nosotros! La mamá de Heidi, los papás de Garth y de Sayeh llegaron también. Todos preocupados por Og y por mí.

Quería darles las gracias, pero no es de buena educación hablar con la boca llena.

Todos se ofrecieron a llevarnos a su casa durante el fin de semana, pero la señora Brisbane se mantuvo firme:

—Voy a ser egoísta por esta vez. Me los voy a llevar a casa. Si no lo hiciera, mi esposo nunca me lo perdonaría.

El director Morales les dijo a todos que tuvieran MUCHO-MUCHO-MUCHO cuidado de regreso a casa. Él y Aldo ayudaron a la señora Brisbane a recoger nuestras casas para el viaje.

Por fin sentía mi barriguita llena.

—¡Og! —chillé—. ¡Gracias, amigo! Entonces, ¿me perdonas?

—¡Boing! —contestó. Una respuesta muy amable tratándose de una rana.

«La verdadera amistad se muestra en tiempos difíciles; la prosperidad está llena de amigos».

Eurípides, *dramaturgo griego*

El Festival de Poesía

Bert Brisbane nos esperaba en la puerta de la casa.

—Apúrense. ¡Hace un frío horrible! —dijo.

El señor Morales ayudó a la señora Brisbane a entrar nuestras cosas a la casa.

—Quién sabe cuánto tiempo tendrán que quedarse aquí —comentó él.

La señora Brisbane fue a preparar té, y el señor Brisbane comenzó a limpiar el tanque de Og. El señor Morales puede que sea La-Persona-Más-Importante de la Escuela Longfellow, pero se arremangó la camisa y se puso a limpiar mi jaula. Ni siquiera se quejó por lo de mi bacinilla. (Usó guantes y se lavó las manos después).

—Esto ha sido una buena lección para todos nosotros —dijo la señora Brisbane mientras traía una bandeja con tazas de té humeantes, un plato de galletitas y unos deliciosos trocitos de brócoli y lechuga para mí—. Tener una mascota conlleva una gran responsabilidad.

—En este caso, ellos mismos asumieron la responsabilidad —dijo el señor Morales saboreando una galletita—. Todavía me pregunto cómo unas criaturas tan pequeñas pudieron derribar una bolsa tan grande.

—Yo estaba pensando lo mismo —dijo la señora Brisbane—. Seguramente un trabajo en equipo.

—¿Una rana y un hámster? Nunca había oído una cosa igual —dijo Bert—. Me hubiera gustado verlo —añadió sonriendo y moviendo la cabeza—. Siempre supe que Humphrey era tan listo como un lince, pero ahora sabemos que por la mente de Og también pasan muchas cosas.

—¡Boing! —Og croó saltando hasta dar contra un costado de su caja de cristal.

—Todo apunta a que se siente mejor —dijo la señora Brisbane—. Parece que quiere jugar a «Salta la rana».

¿Era «Salta la rana» un *juego*? ¿Sería posible que me hubiera equivocado con Og desde la primera noche? En lugar de tratar de asustarme, ¿lo que quería Og era jugar?

Al igual que el señor Brisbane, yo no estaba muy seguro de lo que pasaba por la mente de Og, pero era obvio que tenía algunas buenas ideas, como la de rescatarme. También podía hacer otro sonido que solo yo conocía, y eso me hacía sentir especial. Como un amigo.

❦

El sol salió esa tarde, y también las máquinas quitanieves. Mientras que los jardines seguían cubiertos de nieve, las calles estaban limpias, y los autos transitaban nuevamente.

Enfrente de la casa de los Brisbane, dos niños hacían un muñeco de nieve. Dentro de la casa, yo me sentía feliz recorriendo laberintos y jugando al escondite con

Bert, recordando tiempos pasados. Og nos observaba desde su casa de cristal, sin decir mucho.

～～～

El lunes, las carreteras estaban lo suficientemente limpias para poder regresar a la escuela. Por suerte, porque el Festival de Poesía era el viernes, y todavía quedaba mucho trabajo por hacer.

Algunos estudiantes habían memorizado sus poemas o los habían escrito durante el largo fin de semana. La mayoría no lo había hecho.

Garth Tugwell había cambiado de poema tres veces. El lunes lo cambió otra vez. La señora Brisbane lo mandó al guardarropa para que lo memorizara.

La señora Brisbane sorprendió a Kirk cuando le pidió ayuda.

—Últimamente has demostrado que ya sabes cuándo hacerte el gracioso y cuándo guardar silencio —dijo ella—. Ahora necesito tu ayuda. No queremos que el Festival de Poesía sea muy serio. Queremos que sea divertido. ¿Podrías encargarte de presentar a los estudiantes?

El rostro de Kirk se iluminó:

—¡Claro!

—Pero asegúrate de que sea gracioso —le dijo ella.

El martes por la tarde, el tablero de la clase estaba cubierto con poemas que los estudiantes habían copiado. A su alrededor había fotos de famosos poetas, desde Longfellow hasta alguien llamado Shakespeare y una mujer llamada Emily Dickinson.

Al final del miércoles, mis compañeros habían terminado de decorar los buzones de San Valentín. ¡Era asombroso lo que habían hecho con cajas de cartón! Algunos buzones estaban decorados con corazones, otros con botones de diferentes colores y otros con dibujos. Garth había pegado un dinosaurio grande a un lado del buzón. El de Miranda estaba adornado con fotos de su familia: su mamá, su papá, Abby, Amy, Ben y (sí) Clem. El buzón de Tabitha tenía pegadas fotografías de pelotas de baloncesto, de béisbol y balones de fútbol todo alrededor.

Y, ¡SORPRESA!, Mandy le dio a Og una caja verde con fotografías de ranas y otros insectos. A. J. me dio una caja cubierta con un material lanudo de color dorado, parecido a una piel. (No era piel de verdad, lo pude comprobar).

Estaba muy agradecido, pero a la vez estaba TRISTE-TRISTE-TRISTE porque no importa cuántas tarjetas de San Valentín fuera a recibir: yo no podía darles tarjetas a mis compañeros. Entonces, ¿cómo hacerles saber cuánto apreciaba su amistad?

Todavía me sentía un poco decaído cuando llegó Aldo. Parecía estar de muy buen humor.

—¡Caballeros, hace una noche maravillosa, y tengo buenas noticias que darles! —anunció mientras empujaba el carrito de la limpieza.

—¡Buenas noticias es exactamente lo que necesito! —chillé como respuesta.

—¡Boing! —añadió Og.

Aldo acercó una silla a mi jaula. En lugar de sacar su cena (o algo para mí), sacó una hoja de papel.

—¡Aquí está mi primera calificación de la universidad! Una prueba de Psicología. —Me pregunto si Aldo está en la misma clase que Nathalie, la niñera—. Mi nota, como pueden ver, es ¡una A! ¿Pueden creer eso, amigos?

—¡Tres hurras por Aldo! —chillé, y subí a mi rueda loco de alegría.

—No se la he mostrado a Maria todavía. Va a ser su regalo de San Valentín, además de flores y bombones, claro. Pero creo que este será su preferido —dijo Aldo sonriendo complacido.

Og se zambulló en la piscina y salpicó agua por todas partes, incluyendo a Aldo, pero no le molestó.

—Salpica todo lo que quieras, amigo Og —le dijo Aldo—. ¡Suena a gloria!

¿Salpicaba Og porque estaba contento? Para mí era algo irritante.

Aldo sonreía de oreja a oreja, como una rana.

—Ante ustedes hay un hombre feliz. No hay nada mejor en el mundo que tener a alguien con quien compartir las buenas y las malas noticias. Maria es mi esposa, pero también es mi mejor amiga.

Paré de dar vueltas, pues me sentía un poco mareado. Este año había aprendido mucho sobre la amistad observando a mis compañeros del Aula 26. Amigos que se pelearon, pero luego hicieron las paces. Amigos que se mantuvieron unidos por encima de todo. Amigos que te ofrecieron una mano cuando creías que no los necesitabas.

Y amigos que acudieron a rescatarte cuando estabas

en peligro. Nuevos amigos, viejos amigos, amigos de plata y de oro.

Esa noche, más tarde, me sentí MAL-MAL-MAL por haber puesto en duda la amistad de Og. No había entendido que a veces una rana puede sentir celos, pero otras veces puede sentirse feliz. Og había acudido en mi ayuda cuando más lo necesitaba. ¿Cómo puede uno darle las gracias a una rana?

Decidí escribir un poema. No un poema como «las rosas son rojas, las ranas verdes son». Un poema que verdaderamente expresara lo que sentía.

Saqué mi cuaderno y empecé a escribir.

Al día siguiente, mis compañeros pasaron todo el tiempo en clase ensayando para el Festival de Poesía y arreglando el aula. (¡Algunos chicos sí que son desordenados!). En realidad, yo no prestaba mucha atención a lo que ocurría a mi alrededor. Estaba acurrucado en mi aposento volcando todo mi corazón en el poema.

El viernes era el Día de San Valentín, y todo el mundo estaba contento. Por la mañana, los estudiantes «echaron al correo» sus tarjetas de San Valentín en un buzón grande que estaba sobre el escritorio de la señora Brisbane. Durante el recreo, la maestra separó las tarjetas y las colocó en los respectivos buzones mientras tarareaba una alegre canción.

Después del recreo, los estudiantes abrieron sus tarjetas. Se escucharon risitas y también masticar, ya que la señora Brisbane había echado bombones en forma de corazón en los buzones.

Y, de repente, se oyó la voz de A. J.

—¡No lo van a creer! —Lo cual llamó la atención de todos—. ¡Recibí una tarjeta de Marty Bean!

Seth gimió en voz alta.

—Escuchen, dice que está arrepentido —explicó A. J.

—¡Yo también recibí una! —dijo Garth.

Miranda y Heidi también habían recibido tarjetas de Marty pidiendo disculpas.

—Pero es que él es tan cruel... —dijo Mandy.

—Las personas cambian —dijo la señora Brisbane—. Yo creo que tuvo que ser muy difícil para Marty escribir esas tarjetas y entregármelas a mí para que las repartiera. Considero que es hora de darle una segunda oportunidad.

¡Guau!, darle una segunda oportunidad a Marty no es algo sencillo. Pero también recuerdo que el día del cumpleaños de Richie, cuando ayudó a Aldo a repartir los premios, su actitud cambió por completo. A lo mejor la conversación que Aldo tuvo con él ayudó. No en balde Aldo recibió una A en Psicología.

—¡Yo le voy a dar una segunda oportunidad! —exclamé, aunque seguramente se oyó: «Squish-squish-squish».

—No me he olvidado de ustedes, Humphrey —dijo la señora Brisbane acercándose para ver lo que teníamos en nuestros buzones.

Og y yo recibimos tarjetas de todos los estudiantes de la clase. Cada una de ellas era especial, pero la más especial era la de Miranda:

Aunque hámster no tiene rima,
te tengo en la más alta estima.

¡Había logrado escribir un poema con la palabra *hámster* después de todo!

Yo tenía una tarjeta más que Og. ¡Venía de Brasil! La señorita Mac se había acordado de mí y me había enviado una pequeñísima tarjeta que decía: «Humphrey, siempre serás un amigo especial. Cariños, señorita Mac».

También había mandado una carta para toda la clase con saludos de sus estudiantes de Brasil.

Me sentía feliz con todas las tarjetas, pero también estaba pendiente del reloj de la pared porque tenía una misión especial que cumplir durante el almuerzo.

El trabajo de un hámster nunca termina.

La campana finalmente sonó, y los estudiantes se fueron a almorzar. Pero con tan mala suerte que la señora Brisbane decidió no salir y quedarse a arreglar el aula y colocar las sillas en círculo. Cuando terminó, recogió algunos papeles que estaban tirados por el suelo y enderezó varios pupitres. ¿Es que acaso no pensaba almorzar? Al fin miró en dirección al reloj, recogió su almuerzo y salió apurada del aula.

No tenía mucho tiempo, así que arranqué una hoja de mi cuaderno, manipulé la cerradura-que-no-cierra, abrí la puerta de un golpe y me deslicé por la pata de la mesa.

Og comenzó a hacer sonar su voz de alarma: *boing*, pero no tenía tiempo de explicarle.

Corrí por todo el piso, tan rápido como me permitieron mis patas, en dirección al escritorio de la señora Brisbane. Tan pronto llegué, me quedé sin aliento de la sorpresa. Mi plan era subirme a su silla y desde allí dar un salto hasta alcanzar el escritorio. Era peligroso y arriesgado, pero a veces uno tiene que ser audaz. Sin embargo, la maestra había arruinado mi plan al mover su silla LEJOS-LEJOS-LEJOS de su escritorio y colocarla junto a las otras sillas en el círculo.

Y lo que era peor, su escritorio no tenía patas para subirse. Era un bloque sólido de madera.

¡Mi «gran plan» estaba completamente arruinado!

Los segundos pasaban rápido. No tenía otra opción que dejar el papel en el piso cerca de su escritorio y salir corriendo hasta la mesa. Agarré el cordón de la persiana y empecé a columpiarme hasta que alcancé la altura de la mesa. Entonces, di un gran salto y corrí hasta llegar a mi jaula, cerrando la puerta de un golpe.

—¡Boing-boing-boing! —croó Og.

—Pronto comprenderás —le dije—. Eso espero.

✦

Después del almuerzo, la señora Brisbane regresó al aula seguida de sus estudiantes. Algunas madres llegaron primero: traían ponche y galletitas. Luego fueron llegando los otros padres. Había tal alboroto en el aula que por un momento perdí de vista a la señora Brisbane, aunque la podía oír.

—Señoras y señores, tomen sus asientos para poder dar comienzo al Festival de Poesía.

Habló sobre lo que habíamos estudiado y cuánto nos habíamos esforzado. Entonces le cedió la palabra a Kirk Chen.

Kirk estuvo genial. Introdujo a cada estudiante con un poema corto. Los poemas eran chistosos, pero no ofendían a nadie. Por ejemplo, cuando le tocó presentar a Heidi, dijo: «¡Para Heidi escribir un poema no es ningún problema!».

Luego presentó a Tabitha y dijo: «Tabitha es una experta en rimar. Ojalá que se quede para que a todos nos pueda enseñar».

Y para A. J. apuntó: «Su poema es excelente, pero su voz es estridente».

Y lo era.

Me sentí ORGULLOSO-ORGULLOSO-ORGULLOSO de mis compañeros cuando uno por uno se pusieron de pie delante de la clase y recitaron sus poemas. Heidi leyó el poema de la rana que había escrito. En lugar de un poema sobre Smiley, Tabitha recitó un simpático poema sobre un jugador de béisbol llamado Casey. Sayeh leyó uno sobre una paloma. Presta-Atención-Art se trabó, pero comenzó de nuevo y le salió muy bien. Si alguien olvidaba una palabra, la señora Brisbane la susurraba, y nadie se daba cuenta.

Los padres aplaudieron con entusiasmo a todos los alumnos. ¡Y yo también!

Pero se me cayó el alma al suelo cuando la señora Brisbane dijo:

—Esto pone fin al Festival de Poesía de este año. Espero que nos acompañen para tomar un refrigerio.

¡Mi plan había fallado totalmente! Miré a Og. Sonreía; él no sabía lo que yo había planeado.

Pero entonces, la señora Brisbane volvió a hablar:

—Hay otro poema que quisiera compartir con ustedes. Lo encontré en el piso cuando ustedes entraban. Creo que expresa claramente los sentimientos que los niños de esta clase tienen por sus compañeros. La letra es muy pequeña, pero lo intentaré.

Un amigo no tiene que ser perfecto,
si tiene el corazón en el lugar correcto.

No importa cómo luce tu amigo:
ve solo cómo se comporta contigo.

Un amigo siempre está a tu lado
en tiempos buenos y malos.

Un amigo es con quien puedes estar
sin necesidad de tener que hablar.

Si un amigo quieres buscar,
no te será difícil de encontrar.

El aula estaba en completo silencio hasta que la mamá de Heidi comenzó a aplaudir, y todos se unieron.

—Hay algo así como un garabato que parece una firma, pero no lo puedo leer —dijo la señora Brisbane—. ¿Podría ponerse de pie e identificarse el estudiante que escribió estos versos?

Me apoyé en mis dos patas traseras y chillé lo más alto que pude:

—¡Yo lo escribí! ¡Fui yo! ¡Lo escribí para Og! ¡Es mi mensaje de San Valentín para él!

—Parece que Humphrey sabe quién lo escribió —dijo el señor Golden bromeando. Todos se echaron a reír. Todos menos Og.

—¡Boing-boing! —gritó Og saltando de arriba abajo.

Por fin había logrado entrar en su mundo. Y yo sabía exactamente lo que él trataba de decirme.

—De nada, Og —le contesté—. No tienes nada que agradecerme, amigo verdoso, grumoso, pelón, burlón, ojos saltones y comelón de grillos. Nada de nada.

❧

Más tarde esa noche, miré a Og zambullirse en la piscina y salpicar agua por todas partes. Era el mismo de siempre, pero algo era diferente. Lo que antes me había parecido una mueca era en realidad una amistosa sonrisa. Ahora, cuando salpicaba, ya no me molestaba porque entendía que Og se sentía FELIZ-FELIZ-FELIZ. Y esa manera de saltar, que una vez me asustó, tan solo significaba que quería jugar.

A veces es difícil entender a los humanos, especialmente cuando se comportan de manera cruel, como Marty Bean, o de forma malhumorada, como Abby. Pero con paciencia (y un poquito de psicología), puedes llegar a entenderlos.

Igual ocurre con las ranas. Y con los hámsteres.

He cometido algunos errores, pero también he logrado

mantener a todos mis amigos del Aula 26 y conseguir un nuevo amigo.

De repente, al pensar en mi nuevo amigo, ese amigo de plata reluciente, el corazón me hizo ¡BOING!

Mi amigo Og.

«¿De qué puede sentirse orgulloso un hombre si no es de sus amigos?».

Robert Louis Stevenson, *novelista y poeta escocés*

La guía de Humphrey para el cuidado y mantenimiento de los amigos

~·~·~·~·~·~·~·~·~·~

1. Si te comportas como un idiota y te ríes de las personas, no tendrás amigos. Garantizado.

2. Si haces lo contrario y eres amable con las personas, tendrás amigos. Puede que te tome un tiempo, pero los tendrás.

3. Si actúas como un tonto con tus amigos y se enojan, pero de VERDAD-VERDAD-VERDAD te arrepientes, posiblemente te perdonarán.

4. No lo hagas muy a menudo. (Ver regla #1).

5. Tu mejor amigo puede ser un familiar, una hermanastra o tu esposa.

6. A veces la gente no lo cree así, pero los niños y las niñas pueden ser amigos.

7. Puede que quieras ser amigo de alguien, pero puede que esa persona —o rana— no quiera ser amigo tuyo. No te sientas TRISTE-TRISTE-TRISTE. Hay otras personas que sí quieren ser tus amigos. Solo tienes que encontrarlos. ¡Búscalos! No te des por vencido.

8. Un amigo es alguien con quien puedes estar sin necesidad de tener que hablar. O de chillar.

9. La amistad tiene su propia lengua. Aunque no entiendas las palabras que dice tu amigo, puedes entender su significado.

10. Puede que no te des cuenta de que tienes un amigo hasta que ese amigo se encuentre en un apuro, y entonces comprendes que en realidad te importa.

◡◠◡

P. D.: Tegucigalpa es la capital de Honduras, un país de Centroamérica. ¡Localízalo en un mapa!

Querido Lector:

En el libro *El mundo de acuerdo a Humphrey*, les presenté a Humphrey, el hámster de la clase, y a sus amigos del Aula 26 de la Escuela Longfellow. Después me pidieron que escribiera un segundo libro, o la continuación, que Humphrey probablemente llamaría «chillinuación».

Humphrey resolvió tantos problemas en el primer libro que tuve que pensar mucho sobre cómo poder incluir a todos mis personajes favoritos del primer libro, y a la vez lograr que la historia fuese un poco diferente.

Entonces se me ocurrió una idea, pero que no sería fácil para Humphrey. Introduciría una segunda mascota en el Aula 26. Pensé en muchas posibilidades, entre las que se encontraban un conejo, una tortuga, ¡incluso un pollito! Pero tan pronto como me vino la idea de una rana, la decisión fue fácil. Así nació Og.

Podía haber hecho que Og fuera una mascota que hablara, pero pensé que sería más interesante si Humphrey tuviera dificultades para comunicarse con Og. Sabía que no sería fácil para un hámster hacer amistad con una rana, y que Humphrey tendría problemas en llevarse bien con su nuevo vecino. Pero, al final, estaba segura de que Humphrey triunfaría y, en el proceso, aprendería, al igual que todos nosotros, que lo que un amigo dice no es tan importante como lo que demuestran sus acciones.

Una vez que determiné que el tema principal de la historia sería lograr que Humphrey y Og se hicieran amigos, decidí escribir todas las historias del libro sobre la amistad. Pensé en mi infancia y en las posibles situaciones que todos confrontamos: dos amigos que se enfrentan a un acosador en el autobús, dos amigas inseparables que de repente se dejan de hablar y la eterna pregunta: si un niño y una niña en realidad pueden llegar a ser amigos. (¡SÍ-SÍ-SÍ, así lo creo!).

La idea del Festival de Poesía la tomé de la escuela elemental de mi hijo. Me gustaba la escuela, pero no cómo organizaban el Festival de Poesía. Decidí entonces que todos los alumnos del Aula 26 tendrían la oportunidad de participar, incluso Humphrey. Una de las ventajas de ser escritora es poder «arreglar» el mundo a tu manera.

Surgieron nuevos amigos: Tabitha, Kirk y Seth. En el Aula 26 siempre se dan cambios al igual que sucede en nuestras vidas.

Cuando visito escuelas y hablo con los estudiantes, a menudo me preguntan si Og se va a quedar en el Aula 26. La respuesta es *sí*. Será verde, grumoso, con ojos saltones y una voz chillona, pero Og definitivamente se ha ganado un lugar en mi corazón, y en el de Humphrey también.

Afectuosamente,
la amiga de Humphrey (y de Og).

Betty G. Birney